Deseo™

Boda imprevista

CATHERINE MANN

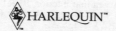
HARLEQUIN™

Editado por HARLEQUIN IBÉRICA, S.A.
Núñez de Balboa, 56
28001 Madrid

I.S.B.N.: 978-84-671-8647-5
Depósito legal: B-30056-2010
Editor responsable: Luis Pugni
Preimpresión y fotomecánica: M.T. Color & Diseño, S.L.
C/ Colquide, 6 portal 2 - 3º H. 28230 Las Rozas (Madrid)
Impresión y encuadernación: LITOGRAFÍA ROSÉS, S.A.
C/ Energía, 11. 08850 Gavá (Barcelona)
Fecha impresion para Argentina: 14.3.11
Distribuidor exclusivo para España: LOGISTA
Distribuidor para México: CODIPLYRSA
Distribuidores para Argentina: interior, BERTRAN, S.A.C. Vélez
Sársfield, 1950. Cap. Fed./ Buenos Aires y Gran Buenos Aires,
VACCARO SÁNCHEZ y Cía, S.A.
Distribuidor para Chile: DISTRIBUIDORA ALFA, S.A.

Prólogo

Madrid, España. Un año atrás

Quería cubrirla de joyas.

Jonah Landis deslizó los dedos por el brazo desnudo de la mujer que dormía a su lado e imaginó qué joyas de la familia quedarían mejor con su pelo negro. ¿Los rubíes? ¿Las esmeraldas? ¿O tal vez las perlas?

Normalmente no solía echar mano del tesoro familiar. Prefería vivir del dinero que ganaba con sus propias inversiones. Pero estaba dispuesto a hacer una excepción por Eloisa.

La luz del amanecer entraba por los ventanales de la casa del siglo diecisiete que había alquilado para el verano. Una ligera brisa agitó las cortinas.

Eloisa había parecido tan cómoda caminando entre las ruinas del castillo español que al principio no se había dado cuenta de que era de los Estados Unidos. Y muy exótica. Y ardiente. Mientras ella caminaba tomando notas por entre los andamios, él había perdido el hilo de su conversación con los inversores.

La mayoría lo consideraban el impulsivo de la familia, aunque le daba igual lo que pensaran. No había duda de que corría riesgos en los negocios y en su

3

vida privada, pero siempre tenía algún plan. Y siempre le funcionaba.

Al menos hasta ahora.

La noche anterior, por primera vez, no había planeado nada. Simplemente se había lanzado de lleno a por aquella intrigante mujer. No sabía qué sucedería a la larga, pero estaba seguro de que iban a disfrutar de un fantástico verano.

—Umm —Eloisa giró en la cama y apoyó una mano en la cadera de Jonah—. ¿He dormido demasiado?

Aún tenía los ojos cerrados, pero Jonah recordaba a la perfección su intenso tono oscuro, que encubría la altivez de una emperatriz otomana. Miró el reloj de la mesilla de noche.

—Son sólo las seis de la mañana. Aún tenemos un par de horas antes del desayuno.

Eloisa enterró el rostro en la almohada.

—Aún estoy tan dormida…

No era de extrañar. Habían estado despiertos casi toda la noche, disfrutando del sexo, dando cabezaditas, duchándose… y acabando nuevamente uno en brazos del otro. No ayudó que hubieran bebido un poco.

Jonah se había limitado a un par de copas, como Eloisa, aunque parecían haberle afectado más a ella. Acarició su largo pelo negro, tan suave que se deslizó por sus dedos como lo había hecho cuando la había tenido encima, debajo…

Jonah salió de la cama.

—Voy a llamar a la cocina para que nos suban aquí el desayuno. Si te apetece algo en especial, dilo.

Eloisa se tumbó de espaldas en la cama con los ojos aún cerrados y se estiró. Sus redondeados y perfectos pechos llamaron de inmediato la atención de Jonah.

—Umm... me da igual —murmuró ella, adormecida—. Estoy teniendo un sueño maravilloso... —hizo una pausa, frunció el ceño y entreabrió ligeramente los ojos—. ¿Jonah?

—Sí, ese soy yo —dijo Jonah mientras se ponía los calzoncillos y tomaba su teléfono.

Eloisa miró rápidamente a su alrededor, tratando de orientarse. Tomó el edredón y tiró de él hacia arriba para cubrirse. De pronto se quedó paralizada.

—¿Qué sucede? —preguntó Jonah, extrañado. No era posible que Eloisa fuera a mostrarse repentinamente tímida después de lo de aquella noche.

—¿Jonah...? —repitió ella, claramente aturdida.

Jonah se sentó en el borde de la cama y esperó, pensando en varias formas de entretenerla a lo largo del verano.

Eloisa extendió el brazo y abrió los dedos de las manos. La luz que entraba por la ventana destelló en el anillo de casada que Jonah había puesto en su dedo anular la noche anterior. Parpadeó deprisa, obviamente horrorizada.

—¡Cielo santo! —exclamó—. ¿Qué hemos hecho?

Capítulo Uno

—¡Felicidades a la futura esposa, a mi pequeña princesa!

El brindis del padre de la novia llegó desde la cubierta del barco hasta el muelle en que se encontraba Eloisa Taylor. Estaba sentada en el borde, mojándose los pies en las aguas del golfo de Florida, cansada después de haber ayudado a su media hermana a organizar su fiesta de compromiso. Su padrastro había tirado la casa por la ventana por Audrey, excediendo las posibilidades que podía permitirse un recaudador de impuestos, pero nada bastaba para su «pequeña princesa». A pesar de todo, había tenido que conformarse con una reserva el lunes por la noche para poder permitírselo.

El sonido de las copas se mezcló con el del agua que acariciaba los pies de Eloisa. La comida había terminado y todo el mundo había quedado tan satisfecho que nadie la echaría de menos. Se le daba bien ayudar a la gente y mantenerse en segundo plano.

Organizar aquella fiesta de compromiso había resultado una actividad agridulce, pues le había hecho pensar en su propia boda. Boda de la que su familia no sabía nada. Afortunadamente, un efectivo divorcio la había librado rápidamente de su impulsivo matrimonio, celebrado de forma totalmente improvisada a media noche.

Normalmente lograba apartar los recuerdos, pero la organización de la fiesta de compromiso de Audrey le había hecho revivirlos con especial intensidad. Por no mencionar el críptico mensaje telefónico que había recibido aquella mañana de Jonah. Ya había pasado un año, pero aún podía reconocer su profunda y sensual voz.

«Eloisa, soy yo. Tenemos que hablar».

Eloisa apartó la coleta que la brisa se empeñaba en llevar hacia su rostro. Un año atrás decidió ir a conocer la herencia cultural de su verdadero padre. Aquello la había conducido hacia el hombre equivocado, un hombre con un intenso perfil vital que suponía una amenaza para su cuidadosamente protegido mundo. Y también para los secretos que tan celosamente guardaba.

Parpadeó para alejar los recuerdos de Jonah, demasiados, teniendo en cuenta el poco tiempo que pasaron juntos. Debería ignorar su llamada y bloquear su número. O al menos esperar a que su hermana estuviera casada antes de ponerse en contacto con él.

El relajante sonido del agua que acariciaba los costados del muelle se vio interrumpido por el del motor de un vehículo que se acercaba.

Eloisa miró por encima del hombro. Se acercaba una limusina. ¿Se trataría de algún invitado rezagado? Si era así, llegaba realmente tarde.

Tomó sus sandalias mientras contemplaba el elegante y exclusivo Rolls Royce de ventanillas tintadas.

La zona privada en que se encontraban era totalmente segura… ¿pero había realmente algún sitio seguro, especialmente en la oscuridad?

Eloisa sintió que se le ponía la carne de gallina y se le secaba la boca. Se puso las sandalias, reprendiéndose por ser tan tonta. Pero lo cierto era que el prometido de Audrey era conocido por tener algunos contactos turbios. Su padrastro sólo era capaz de ver el dinero y el poder, y no parecía preocuparle el retorcido camino por el que solían circular éstos.

Aunque ninguno de aquellos cuestionables contactos tenía motivos para querer hacerle daño a ella. En cualquier caso, le convenía volver a la fiesta.

Se puso en pie.

La limusina aceleró la marcha.

Eloisa tragó saliva, lamentando no haber tomado unas clases de autodefensa a la vez que terminaba sus estudios de bibliotecaria.

Pero no tenía por qué ponerse paranoica. Empezó a caminar. En cuanto avanzara treinta metros podría avisar al hombre que vigilaba el acceso a la pasarela.

El sonido del motor de la limusina aumentó a sus espaldas. Caminó más deprisa. El tacón bajo de sus zapatos se enganchó entre las tablas del muelle. Acababa de liberarlo cuando el vehículo se detuvo ante ella.

Se abrió una de las puertas traseras, bloqueándole el paso. Eloisa sólo podía rodear el coche o lanzarse al agua. Frenética, miró a su alrededor en busca de ayuda, pero ninguno de los setenta y cinco invitados que había en el yate parecía haberse dado cuenta de su situación.

Una pierna vestida de negro se asomó por la puerta del coche. El zapato Ferragano que Eloisa reconoció al instante hizo que los latidos de su corazón se desbocaran. Sólo conocía a un hombre que los usara.

Dio un paso atrás mientras el hombre salía del coche. Contuvo el aliento, con la esperanza de ver asomarse un pelo canoso o una buena barriga…

Cualquier cosa… ¡menos a Jonah!

Pero no hubo suerte. El hombre alto y fuerte que salió del coche vestía de negro y llevaba suelto el botón superior de la camisa. Su pelo castaño le llegaba casi hasta los hombros y lo llevaba apartado del rostro, lo que realzaba la fuerza de su cuadrada mandíbula. Unas gafas de sol ocultaban sus ojos.

Eloisa sintió que los nervios atenazaban su estómago.

Obviamente, su ex marido no se había conformado con hacer una llamada y dejar un mensaje. El poderoso empresario internacional del que se había divorciado hacía un año había regresado.

Jonah Landis se quitó las gafas, miró la hora en su reloj y sonrió.

–Siento haber llegado tarde. ¿Nos hemos perdido la fiesta?

Pero a Jonah no le interesaba nada la fiesta. Lo que quería averiguar era por qué Eloisa no le dijo toda la verdad cuando le pidió el divorcio. También quería saber por qué su apasionada amante se había alejado tan desapasionadamente de él.

Habría disfrutado contemplando la anonada expresión de Eloisa al verlo de no ser por lo enfadado que estaba a causa del secreto que le había ocultado, secreto que estaba estropeándolo todo en su sentencia de divorcio.

Un año atrás, cuando la conoció en Madrid, la asombrosa e instantánea química que surgió entre ellos le impidió pensar en otra cosa. Y viéndola ahora de nuevo, no le extrañó que se le hubieran pasado por alto algunos detalles… como, por ejemplo, lo bien adaptada que parecía al entorno español en que se hallaba.

Eloisa era una distracción andante.

La brisa moldeó en torno a su cuerpo el vestido de seda que llevaba. La semipenumbra reinante hizo que Jonah la viera casi desnuda. ¿Habría sido consciente de ello cuando eligió el vestido? Lo más probable era que no. Eloisa no parecía ser consciente de su atractivo, lo que hacía que resultara aún más tentadora.

Llevaba el pelo sujeto en una cola de caballo que realzaba sus exóticos ojos marrones. Apenas maquillada, habría podido relegar a la sombra a muchas modelos famosas.

Pero en cuanto tuviera su nombre en los papeles del divorcio, papeles oficiales en esta ocasión, no pensaba volver a tener nada que ver con ella. Al menos, ése era el plan. No necesitaba pasar dos veces por lo mismo. En su momento malinterpretó las señales, no se dio cuenta de que Eloisa estaba bebida cuando dijo el «sí, quiero». Pero ya había superado aquel episodio de su vida.

O eso pensaba. Porque al verla de nuevo había experimentado el mismo impacto que la primera vez que la vio.

Trató de dejar a un lado su atracción. Necesitaba su firma y, por algún motivo, no había querido dejar aquello en manos de sus abogados.

Eloisa apoyó las manos en las caderas y ladeó la cabeza.

–¿Qué haces aquí?

–He venido a acompañarte a la fiesta de compromiso de tu hermana –Jonah apoyó una mano en la puerta abierta de la limusina–. No puedo permitir que mi esposa vaya sola.

–¡Shhh! –Eloisa agitó la mano ante su rostro–. No soy tu esposa.

Jonah la tomó de la mano y miró su dedo anular.

–Vaya, la ceremonia de nuestra boda en Madrid debió ser una alucinación.

Eloisa liberó su mano de un tirón.

–No digas tonterías.

–Si lo prefieres, podemos saltarnos la fiesta, ir a tomar un bocado y hablar de esas «tonterías».

Eloisa miró a Jonah con cautela.

–Estás bromeando, ¿no?

–Sube al coche y compruébalo.

Eloisa volvió la mirada hacia el yate y luego miró de nuevo a Jonah.

–No creo que sea buena idea.

–¿Temes que te secuestre?

Eloisa rió nerviosamente, como si hubiera pensado precisamente aquello.

–No digas tonterías.

–Entonces, ¿por qué no entras? A menos que quieras que sigamos con esta conversación en medio del muelle…

11

Eloisa volvió de nuevo la cabeza hacia el barco. Finalmente asintió.

–De acuerdo –dijo a regañadientes mientras entraba en la limusina.

Jonah entró a continuación, dio un toque con los nudillos al cristal que los separaba del conductor y le indicó que condujera sin mencionar un destino determinado.

–¿Adónde vamos? –preguntó Eloisa.

–¿Adónde quieres ir? Tengo una suite en Pensacola Beach.

–Cómo no –dijo Eloisa con ironía mientras contemplaba el elegante y equipado interior de la limusina, que incluía un minibar, un televisor de plasma y un completo equipo informático.

–Veo que no has cambiado –Jonah había olvidado lo quisquillosa que podía ser con el tema del dinero. Pero había sido una experiencia refrescante conocerla. Ya había conocido demasiadas mujeres que sólo iban tras él por la cartera de acciones Landis y su influencia política.

Nunca había conocido a otra mujer que lo hubiera dejado por ello. Pero entonces no sabía que Eloisa tenía acceso a más influencia y dinero del que él podía ofrecerle. Aquello lo había impresionado, pero también lo había confundido, ya que Eloisa no se molestó en comentárselo ni siquiera después de casarse.

Reprimió su enfado, una emoción peligrosa dada la punzada de deseo que estaba experimentando. Para demostrarse a sí mismo que podía mantener el control, tomó entre dos dedos un mechón del pelo de Eloisa.

Ella apartó de inmediato la cabeza.

–Para. Déjate de jueguecitos y explícame por qué has venido.

–¿Qué tiene de malo que quiera ver a mi esposa?

–Ex esposa. Nos emborrachamos y acabamos casados –Eloisa se encogió despreocupadamente de hombros–. Le sucede a mucha gente. Sólo tienes que ver los registros matrimoniales de Las Vegas. Cometimos un error, pero dimos los pasos necesarios para corregirlo al día siguiente.

–¿Consideras que todo fue un error? ¿Incluso lo sucedido entre el «sí quiero» y la resaca de la mañana siguiente? –preguntó Jonah sin poder contenerse.

Un destello de atracción iluminó por un instante los oscuros ojos de Eloisa.

–No lo recuerdo.

–Te estás ruborizando –comentó Jonah con evidente satisfacción–. Seguro que recuerdas la mejor parte.

–El sexo es irrelevante –dijo Eloisa remilgadamente.

–¿Sexo? Yo estaba hablando de la comida. La mariscada estaba deliciosa.

La boca de Eloisa se contrajo en un gesto de desagrado.

–Eres un asno, Jonah.

–Pero soy todo tuyo…

–Ya no. ¿Recuerdas la mañana después? Eres mi ex asno.

Si fuera tan fácil dejar a aquella mujer atrás… Jonah tenía al cielo por testigo de lo mucho que se había empeñado en olvidar a Eloisa Taylor Landis a lo largo de aquel último año.

¿O más bien a Eloisa Medina Landis?

Había descubierto el problema en el registro de una iglesia, un pequeño «detalle» que Eloisa olvidó mencionar, pero que había puesto freno al papeleo de su divorcio. Jonah no pudo evitar una vez más la sensación de haber sido traicionado.

Quería dejar a aquella mujer en su pasado, pero en aquella ocasión sería él quien la dejara.

—En eso te equivocas. El papeleo no siguió adelante.

Jonah volvió a tomar un mechón de pelo de Eloisa y tiró ligeramente de él para hacer notar su presencia. El destello de conciencia que iluminó momentáneamente los ojos de Eloisa alimentó el fuego que latía en el interior de Jonah. Contempló la sencilla cadena de oro que rodeaba su cuello y recordó las joyas con que una vez imaginó cubrirla mientras dormía. Pero entonces despertó y dejó bien claro que no iban a pasar el verano juntos. Tenía mucha prisa por alejarse de él.

Jonah recordó que había acudido allí para aclarar las cosas y marcharse, pero empezaba a pensar que sería más satisfactorio disfrutar una vez más de Eloisa para asegurarse de que recordara todo lo que habrían podido tener si ella hubiera sido tan franca con él como él lo fue con ella.

Deslizó los nudillos hasta su mejilla y le hizo volver el rostro para que lo mirara.

—El procedimiento no siguió adelante porque mentiste respecto a tu nombre.

Eloisa apartó la mirada.

—No mentí sobre mi nombre —dijo a la vez que se

erguía en el asiento–. ¿A qué te refieres con que el procedimiento no siguió adelante?

Parecía sinceramente sorprendida, pero Jonah ya había aprendido a no fiarse de ella. Pero estaba dispuesto a seguirle la corriente para lograr su meta: una última noche en la cama de Eloisa antes de dejarla para siempre.

–El papeleo del divorcio no concluyó. Sigues siendo la señora de Jonah Landis, querida.

Capítulo Dos

Jonah tenía que estar bromeando, se dijo Eloisa, tensa.

Se había esforzado realmente por no dejar rastro. Su madre le había advertido de lo importante que era que tuviese cuidado, que se mantuviera por encima de todo reproche, que nunca atrajera en exceso la atención.

Miró distraídamente por la ventanilla. Realmente parecía que el conductor estaba conduciendo sin destino, que no se dirigía a ningún sitio concreto... como el hotel de Jonah.

—Firmamos los papeles del divorcio —dijo.

Jonah entrecerró sus intensos ojos azules.

—Al parecer olvidaste decirme algo, un secreto que has mantenido celosamente guardado todo este tiempo.

Eloisa se mordió el labio para reprimir las impulsivas palabras que tenía en la punta de la lengua mientras se recordaba que debía estar agradecida por el hecho de que Jonah no hubiera descubierto su más reciente secreto. El estómago se le encogió a causa de los nervios. Trató de calmarse respirando profundamente, pero debía enfrentarse a una verdad que había aprendido hacía tiempo. Sólo podía relajarse trabajando en la biblioteca.

–¿Qué secreto? –preguntó, siguiendo la arraigada costumbre de la negación. Hasta entonces nadie había sacado aquel tema, de manera que su estrategia había funcionado–. No sé de qué estás hablando.

Jonah no ocultó su irritación.

–¿Es así como piensas llevar el asunto? De acuerdo –se inclinó hacia Eloisa, a la que no se le pasó por alto el aroma de su loción para el afeitado, aroma que aún no había olvidado–. Olvidaste mencionar a tu padre.

–Mi padre es un recaudador de impuestos en Pensacola, Florida. Y hablando de Florida, ¿por qué no estás en tu casa de Hilton Head, en Carolina del Sur?

–No hablo de tu padrastro, sino de tu padre biológico.

Eloisa trató de disimular el estremecimiento que recorrió su cuerpo.

–Ya te hablé de mi padre biológico. Mi madre estaba sola cuando nací. Mi verdadero padre era un vagabundo que no quería formar parte de su vida.

Su padre, poco más que un donante de esperma por lo que a ella se refería, rompió el corazón de su madre cuando la dejó para que criara sola a su hija. Era posible que su padrastro no fuera precisamente un príncipe azul, pero al menos se había ocupado de ellas.

–¿Un vagabundo? Un vagabundo perteneciente a la realeza –dijo Jonah–. Una interesante dicotomía.

Eloisa cerró los ojos y deseó con todas sus fuerzas que fuera igual de fácil librarse de las repercusiones de lo que había descubierto Jonah. Su padre biológico aún tenía enemigos en San Rinaldo. Había sido una tontería tentar al destino acudiendo a España con la esperanza de averiguar algo sobre sus orígenes en la pequeña isla cercana. El miedo era algo bueno cuando mantenía a una persona a salvo.

Hizo un esfuerzo por contener los latidos de su corazón.

–¿Te importaría no mencionar eso?

–¿A qué te refieres?

–A lo de la realeza –a pesar de que su padrastro llamaba frecuentemente a Audrey su «pequeña princesa», ni él ni el resto del mundo sabían que Eloisa era la que tenía verdadera sangre real circulando por sus venas gracias a su padre biológico.

Nadie lo sabía, excepto ella misma, su madre, ya muerta, y un abogado que se ocupaba de cualquier posible comunicación con el rey depuesto. El padre de Eloisa. Un hombre aún perseguido por la facción rebelde que había tomado el poder en San Rinaldo.

–Puede que hayas logrado engañar al mundo todos estos años, pero yo he descubierto tu secreto –dijo Jonah–. Eres la hija ilegítima del depuesto rey Enrique Medina.

Eloisa hizo un esfuerzo por mostrarse despreocupadamente relajada.

–Eso es ridículo –dijo, aunque era cierto. Si Jonah había logrado descubrir su secreto, ¿cuánto tardarían en averiguarlo otros? Debía persuadirlo como fuera de que estaba equivocado. Luego decidiría qué hacer si lo que le había contado Jonah sobre su divorcio era cierto–. ¿Qué te ha hecho llegar a una conclusión tan absurda?

–Descubrí la verdad cuando volví a Europa recientemente. Mi hermano y su esposa decidieron renovar sus votos matrimoniales y aprovechando que estaba por la zona pasé por la capilla en la que nos casamos.

Eloisa se sorprendió al escuchar aquello y no pudo evitar recordar la noche en que se casaron. Ella estaba emocionalmente hundida tras la muerte de su madre y acababa de llegar a Europa para terminar sus estudios. Compartió unas bebidas con el hombre por el que estaba secretamente chiflada y lo siguiente que supo fue que estaban buscando un cura o un secretario de juzgado que aún estuviera levantado.

Visitar el lugar en el que hicieron sus votos sonaba sentimental. Como si aquel día significara más para Jonah que el mero recuerdo de un error cometido a causa del alcohol.

–¿Volviste allí? –preguntó sin poder evitarlo.

–Estaba por la zona –repitió Jonah, pero su mandíbula se tensó visiblemente, primer indicio de que lo sucedido debió afectarle tanto como a ella.

Eloisa recordó que la dejó ir fácilmente, que, en lugar de pedirle que se metiera de nuevo en la cama y decirle que ya lo hablarían más tarde, aceptó que habían cometido un error. Su parte más irracional habría querido que no le hiciera caso. Pero no fue así. Jonah la dejó ir, como hizo su padre con su madre.

Y con ella.

Apartó la mirada de la tentadora curva de la boca de Jonah, una boca que le produjo un intenso placer explorando cada centímetro de su piel aquella noche…

–Todo el mundo sabe que el rey Enrique ya no

vive en San Rinaldo. Nadie sabe con exactitud adónde fue con sus hijos. Sólo existen rumores.

–Rumores de que está en Argentina –Jonah se apoyó contra el cómodo respaldo del asiento, aparentemente relajado.

Eloisa recordó el día que lo conoció. Acababa de unirse a un grupo de restauración con el que tenía que hacer unas prácticas para una asignatura. Jonah estaba examinando unos planos con otro hombre en la obra. Al principio pensó que trabajaba con el grupo, lo que llamó su atención.

Pero ya era tarde cuando descubrió quién era realmente. Un Landis, un miembro de toda una dinastía financiera y política.

Eloisa apartó la mirada.

–No sé nada de eso.

Después de tanto tiempo, mentir le resultaba fácil.

–También parece que ni tú ni tu madre habéis estado en Argentina, pero no es eso lo que me preocupa –Jonah miró a Eloisa hasta que ésta se vio obligada a devolverle la mirada–. Me da igual dónde vivan tus padres auténticos. Lo único que me preocupa es que me mentiste y eso ha frenado en seco el proceso de nuestro divorcio.

Eloisa lo miró con gesto desafiante.

–No sé por qué te preocupas tanto. Si lo que dices es cierto, nuestro matrimonio sería nulo y por tanto no necesitamos el divorcio.

–Me temo que no es así. Me he informado. Puedes estar segura de que somos legalmente marido y mujer.

Jonah deslizó los dedos por el pelo de Eloisa hasta dejar la mano apoyada en su cadera. Ella se esforzó para no apartarse… y para no acercarse. Tomó a Jonah por la muñeca y le retiró la mano con firmeza.

–Acúsame de abandono. O si quieres te acuso yo. Me da igual mientras las cosas se resuelvan rápidamente y con discreción. Nadie de mi familia está al tanto de mi… impetuosa boda.

–¿No quieres discutir quién se queda con la porcelana y quién con las toallas?

Aquello ya era demasiado. Eloisa golpeó la ventanilla que los separaba del conductor hasta que se abrió.

–Lléveme de vuelta al muelle, por favor.

El conductor miró a Jonah, que asintió secamente.

Su autocrática actitud hizo que Eloisa quisiera gritar de frustración, pero no quería montar una escena. ¿Cómo era posible que aquel hombre tuviera el poder de hacerle hervir la sangre? Ella era una maestra de la calma. Todo el mundo lo decía, desde los miembros de la junta administrativa de la biblioteca hasta su profesor de atletismo en el colegio, que nunca logró convencerla para que fuera demasiado deprisa.

Esperó a que la ventanilla se cerrara para volverse hacia Jonah.

–Puedes quedarte con todo lo poco que poseo si detienes esta locura ahora. Discutir no nos va a llevar a nada. Haré que mi abogado revise los papeles del divorcio.

Aquello era lo más que pensaba acercarse a admitir que Jonah había dado con la verdad. Desde luego, no podía confirmarlo sin que su abogado viera las pruebas que pudiera tener. Había demasiadas personas en juego. Aún había por ahí gente perteneciente al grupo que trató de asesinar a Enrique Medina y que asesinó a su mujer, la madre de sus tres hijos legítimos.

Enrique ya era viudo cuando conoció a la madre de Eloisa en Florida, pero no se casaron. Ésta le dijo muchas veces a su hija que fue ella la que no quiso adaptarse a la forma de vida de la realeza, pero los labios le temblaban siempre que lo decía.

En aquellos momentos, Eloisa comprendió a su madre más de lo que nunca podría haber imaginado. La relaciones eran muy complicadas... y dolorosas.

Afortunadamente, la limusina se estaba acercando de nuevo al muelle, pues Eloisa no sabía cuánto tiempo más iba a poder aguantar aquella noche. El vehículo se detuvo junto a la entrada.

—Si eso es todo lo que tienes que decirme, Jonah, tengo que volver a la fiesta. Mi abogado se pondrá en contacto contigo a comienzos de la semana que viene —dijo Eloisa, y a continuación alargó la mano hacia la manija de la puerta para salir.

Jonah apoyó una mano en la de ella.

—Un momento. ¿De verdad crees que voy a perderte de vista tan fácilmente? La última vez que lo hice me dejaste plantado antes de comer. No pienso perder otro año buscándote si decidieras desaparecer de nuevo.

—No desaparecí. Vine a Pensacola —Eloisa trató de liberar sus manos, pero Jonah no se lo permitió—. Aquí puedes encontrarme.

De hecho, podría haberla encontrado a lo largo de los últimos meses si hubiera querido. Las primeras semanas tuvo esperanzas, pero el pánico se adueñó de ella mientras luchaba contra su deseo de ponerse en contacto con él.

Ahora ya no tenían motivo para hablar.

–Ahora estoy aquí –dijo Jonah a la vez que le acariciaba la mano–. Y vamos a arreglar este asunto cara a cara

–¡No!

–Sí –dijo Jonah a la vez que abría la puerta del coche.

Eloisa se quedó momentáneamente sorprendida. ¿Le estaba dejando ir? ¿Pero no acababa de decir que iban a aclarar las cosas cara a cara?

Pero no podía perder el tiempo preguntándose por qué había cambiado de opinión. Salió de la limusina y se volvió en el último segundo para decir adiós a Jonah. ¿Por qué se le encogía el estómago ante la idea de no volver a verlo?

Pero al girar sobre sus talones chocó de lleno contra el pecho de Jonah. Al parecer, él también había salido de la limusina. El viento llevó hasta ellos las voces de la fiesta de compromiso, pero Eloisa apenas registró ese hecho mientras Jonah inclinaba su moreno rostro hacia ella.

Antes de que pudiera respirar, o protestar, la boca de Jonah cubrió la suya. Eloisa trató de mantener los ojos abiertos, pero acabó cerrándolos. Sintió el contacto de los labios de Jonah en los suyos, de su lengua. Alzó instintivamente las manos y las apoyó en su pecho.

Había algo muy especial en los besos de Jonah Landis, pero trató de pensar racionalmente en lugar de dejarse llevar por las sensaciones que evocaba en ella.

Totalmente en control de la situación, Jonah deslizó una mano hasta su cintura… donde todo el mundo podía verla.

Eloisa comprendió que estaba montando aquella escenita para los asistentes a la fiesta. La indignación y la rabia que sintió aplacaron el deseo que estaba experimentando. Empezó a apartarse, pero reconsideró la situación. El daño ya estaba hecho. Todos los asistentes a la fiesta habían sido testigos del beso… y seguro que asumirían lo peor. Ya puestos, más le valía aprovecharse de la oportunidad para sorprender a Jonah… y para vengarse un poco por haber escenificado aquel encuentro en lugar de haberse limitado a ponerse en contacto con ella a través de sus abogados.

Deslizó los brazos en torno a su cintura, aunque nadie podía verlo por detrás. Pero lo que estaba a punto de hacer no era para que lo viera todo el mundo.

Era sólo para Jonah,

Eloisa apoyó ambas manos en sus glúteos.

Jonah parpadeó, sorprendido. Estuvo a punto de apartarse, pero sus sensaciones se adueñaron de él. Aquel beso no estaba yendo como lo había planeado. Desde luego, no esperaba que Eloisa tomara el control del juego que había iniciado él.

Había llegado el momento de volver de nuevo las tornas.

El viento llevó hasta ellos las voces de sorpresa procedentes del barco. Jonah apoyó una mano tras la nuca de Eloisa y deslizó la lengua por el contorno de sus labios. Lo hizo una sola vez, pero al parecer bastó para que la respiración de Eloisa se agitara y su cuerpo se ciñera al de él como si se hubiera vuelto gaseoso.

Quería llevar aquel encuentro más allá, pero no allí. No en público. Y sabía que si sugería que volvieran a la limusina Eloisa volvería a razonar y se negaría.

De manera que, a pesar de sí mismo, dio por terminado el beso.

Se apartó de ella sin retirar las manos de su cintura, por si decidía escapar… o abofetearlo.

—Terminaremos esto más tarde, princesa, cuando no haya público.

Cuando pudiera llevar aquello a la conclusión natural que su cuerpo exigía. Y cuando Eloisa consintiera realmente y no estuviera limitándose a seguir un impulso. Era posible que hubiera planeado aquel beso para que la familia de Eloisa fuera consciente de su relación, pero lo cierto era que sus instintos casi se habían adueñado de su voluntad.

No podía irse sin pasar una noche más en la cama con ella.

Eloisa frunció los labios, como conteniendo una respuesta, pero sus manos temblaban cuando las retiró de la cintura de Jonah para apoyarlas en su pecho.

Jonah vio por encima de su hombro que un pequeño grupo bajaba del barco y se acercaba hacia ellos por el muelle. Gracias a las fotos que le había facilitado el investigador que había contratado, reconoció a Harry Taylor, el padrastro de Eloisa, a su hermana Audrey y a Joey, el prometido de ésta.

Eloisa se inclinó hacia él y susurró:

—Vas a pagar por esto.

–Shhh –Jonah la besó rápidamente en la frente–. No queremos que tu familia nos vea peleando, ¿no? –dijo a la vez que la ceñía contra su costado.

Eloisa se puso tensa.

–No estarás planeando hablarles…

–¿Sobre tu padre?

Los ojos de Eloisa brillaron con una mezcla de enfado y temor.

–Sobre tus teorías. Respecto a ti y a mí.

–Mis labios están sellados, princesa.

–Deja de llamarme así –murmuró Eloisa entre dientes mientras sus familiares se acercaban.

–Ambos sabemos que es cierto. No tiene sentido seguir negándolo. Lo único que falta por saber es hasta qué punto estás dispuesta a llegar para mantenerme en silencio.

Eloisa se quedó boquiabierta.

–No puedo creer que…

–Ya es tarde para hablar, Eloisa –dijo Jonah mientras volvía a estrecharla contra su costado–. Puedes fiarte de mí, o no hacerlo.

Un instante después, el grupo que se acercaba se detuvo ante ellos.

Jonah ofreció su mano al padrastro de Eloisa.

–Siento haber llegado tarde, señor. Soy la cita de Eloisa para la fiesta de esta noche. Me llamo Jonah Landis.

Harry Taylor redobló su atención al escuchar aquello.

–¿Landis? ¿Como los Landis de Hilton Head, en Carolina del Sur?

–Sí, señor. Ésa es mi familia.

–Yo soy Harry Taylor, el padre de Eloisa.

Jonah contuvo su irritación ante el evidente interés que había despertado su apellido. Apreciaba las ventajas que había supuesto para él el contar con el dinero de su familia, pero prefería labrarse su propio camino en la vida.

Pero hacía tiempo que había aprendido a tratar con tipos interesados en el dinero como aquél.

Un fotógrafo que había bajado del barco siguiendo al padre de la novia empezó a sacar fotos. Eloisa hizo lo posible por ocultarse tras Jonah.

Sonriendo de oreja a oreja, Harry se apartó a un lado para que el fotógrafo tuviera mejor perspectiva.

Audrey tomó a su prometido del brazo y se acercó a Jonah y a Eloisa.

–¿Cuándo conoció a Eloisa, señor Landis? Estoy segura de que la encargada de la sección de noticias locales de nuestro ilustre periódico querrá todos los detalles al respecto.

–Llámame Jonah, por favor –dijo éste con una sonrisa–. Conocí a Eloisa el año pasado, mientras estaba haciendo sus estudios en el extranjero. Me resultó imposible olvidarla… y aquí estoy.

Cada palabra era cierta, y Jonah sintió el discreto suspiro de alivio que Eloisa dio a su lado.

Audrey soltó el brazo de su prometido y se situó junto a su hermana para la siguiente ronda de fotos.

–Eres una caja de sorpresas, cariño –murmuró junto al oído de Eloisa.

Eloisa sonrió, tensa.

–No por elección. Además, ésta es tu noche. No querría hacer nada que te quitara el protagonismo.

Audrey le guiñó un ojo y luego miró a Jonah de arriba abajo.

–Si fuera mi cita, yo estaría disfrutando con tanta atención por parte de la prensa.

¿Qué clase de familia era aquélla?, se preguntó Jonah mientras ceñía una vez más a Eloisa contra su costado para hacer ver a Audrey que no le agradaban sus comentarios. Ésta se limitó a sonreír y a agitar juguetonamente su pelo rubio en torno a sus hombros. Su ingenuo novio no pareció darse cuenta de nada.

Eloisa ocultó el rostro en el hombro de Jonah, que se dispuso de inmediato a consolarla… hasta que se dio cuenta de que no estaba disgustada. Sólo se estaba ocultando de la cámara y los flashes del fotógrafo, que no hacía más que sacar fotos.

Audrey alargó una mano hacia su hermana.

–Vamos, sonríe a la cámara. Llevas toda la noche ocultándote aquí fuera y no me vendría mal un poco de diversión y algunas fotos interesantes que añadir al álbum de mi boda.

Eloisa se quitó la goma que sujetaba su cola de caballo y la sedosa capa de su melena negra cubrió sus hombros y espalda. A Jonah nunca le había parecido que fuera especialmente coqueta o presumida, pero la mayoría de las mujeres que conocía se arreglaban para las fotos. Incluso sus tres cuñadas solían pintarse los labios antes de una conferencia de prensa.

Pero al fijarse más detenidamente comprendió que Eloisa estaba utilizando el pelo como cortina. Era posible que el fotógrafo estuviera haciendo sus fotos, pero no iba a obtener una imagen clara del rostro de Eloisa.

Jonah fue consciente en aquel momento de que el problema que había entre ellos era más complicado de lo que imaginaba. Sabía que Eloisa quería mantener en secreto su parentesco con la realeza. Eso era lógico y respetaba su derecho a vivir como quisiera. Pero hasta ese momento no había comprendido hasta dónde estaba dispuesta a llegar para proteger su anonimato... lo que suponía un molesto inconveniente.

Porque, como miembro de la familia Landis, él siempre podía contar con llamar la atención de la prensa. Quería vengarse, pero no necesitaba desvelar el secreto de Eloisa para hacerlo. Tenía formas mucho más tentadoras de apartarla definitivamente de su cabeza.

Capítulo Tres

Eloisa habría querido que el fotógrafo dejara de una vez de hacer destellar su flash. Si seguía así, su dolor de cabeza se iba a acabar convirtiendo en una auténtica migraña.

Afortunadamente, la fiesta estaba a punto de terminar. Sólo quedaban algunos rezagados que querían aparecer en las fotos. Jonah, la principal causa de su dolor de cabeza, estaba charlando con su padrastro.

Decidida a mantener la calma, Eloisa se ocupó de apilar unos platos en la mesa de los postres.

—Deberías dejar que se ocuparan de eso los miembros del catering —dijo Audrey—. Para eso les pagan.

—No me importa. Además, cobran por horas —Eloisa siguió amontonando platos, más que nada para quemar los nervios que había despertado en ella el beso de Jonah.

—Eso no significa que tengas que deslomarte trabajando. Vete a casa.

Eloisa no estaba lista para quedarse a solas con Jonah. Todavía no. Pero, a juzgar por la firmeza de su expresión, no parecía dispuesto a desaparecer de su vida así como así.

—Me quedó aquí contigo —dijo—. Sin discusiones.

—Al menos toma un poco de tarta. Está tan buena

que me da igual que tengan que ajustarme el traje de novia –Audrey dio ejemplo tomando un trozo de tarta. Se relamió y luego miró a Jonah–. Estás llena de sorpresas, hermanita.

–Ya lo has dicho antes –replicó Eloisa.

Era raro que alguien la acusara de estar llena de sorpresas. Ellas siempre había sido la sensata, la firme, la que suavizaba las cosas cuando su hermana pequeña se ponía a llorar.

–Pero es cierto. ¿Qué te traes entre manos con tu novio Landis? –Audrey señaló con su plato a Jonah que parecía cómodo y relajado con su traje de chaqueta, a pesar del calor que reinaba en Florida en mayo.

Antes, Eloisa encontraba fascinante su actitud constantemente despreocupada, pero ahora le resultaba un tanto irritante... sobre todo teniendo en cuenta que no lograba olvidar el beso que le había dado.

Se obligó a dejar las manos quietas apoyándolas en la mesa junto a Audrey, que le sacaba por lo menos diez centímetros. Su curvilínea hermana se parecía más a su rubio padre que a su madre. Pero ambas tenían los largos dedos de su madre. Eloisa lamentó no tenerla a su lado en aquellos momentos, e imaginó cuánto debía dolerle a Audrey no contar con ella para organizar los preparativos del día más importante de su vida.

La repentina muerte de su madre a causa de una reacción alérgica fue un mazazo para todos. Eloisa estuvo aturdida todo el funeral, y permaneció en un estado parecido mientras estuvo en España estudiando... hasta que acabó en la cama de Jonah.

Al despertar la mañana después con aquel anillo en el dedo sintió que empezaba a resquebrajarse por

31

primera vez el muro que había alzado en torno a su pena y apenas pudo esperar a estar fuera de la casa de Jonah para romper a llorar.

Aquello le hizo pensar de nuevo en el dilema de Jonah. ¿Qué se traía entre manos? ¿Por qué se había presentado allí cuando podría haberse limitado a enviar a un abogado?

—Su aparición esta noche ha supuesto una completa sorpresa para mí.

—Nunca me habías hablado de él —dijo Audrey.

Eloisa ni siquiera había mencionado su relación laboral con Jonah Landis porque había temido que pudieran captar en su voz lo que apenas admitió ante sí entonces, y mucho menos ahora.

—Como he dicho antes, tú y tu boda sois las protagonistas en estos momentos. No querría hacer nada que pudiera distraerte de eso.

Audrey chocó juguetonamente un hombro contra el de su hermana.

—¿Te importa dejar a un lado durante un rato tu personalidad altruista para que podamos cotillear sobre esto como auténticas hermanas? A fin de cuentas estamos hablando de un Landis. ¡Te estás relacionando con la realeza norteamericana!

—¿Y quién no querría cotillear sobre eso? —dijo Eloisa en tono irónico.

—Al parecer, tú —replicó Audrey—. El cielo sabe que yo ya habría convocado una rueda de prensa.

Eloisa no pudo contener la risa. Audrey tenía sus defectos, pero nunca pretendía ser alguien que no era.

Lo que le hizo sentirse como una hipócrita, ya que ella se dedicaba a ocultarse de sí misma a diario.

Dejó de reír.

–Olvídate de Jonah Landis y de que ha venido. He hablado en serio cuando he dicho que las próximas dos semanas son para ti. Llevas planeando esta boda desde pequeña. ¿Recuerdas cómo solíamos practicar en el jardín?

–Siempre fuiste la mejor dama de honor –Audrey apoyó una mano en el brazo de Eloisa–. Pero yo no siempre fui una novia agradable.

–Eras tres años más pequeña. Te frustrabas. ¿Recuerdas la ocasión en que cortamos todas las rosas del rosal? Tú te llevaste la regañina.

Audrey puso los ojos en blanco.

–Lo cierto es que siempre se me dio mejor llorar que a ti. Tú siempre fuiste la estoica de la familia.

–No soy del tipo llorón –dijo Eloisa. Al menos en público.

–Las lágrimas valen su peso en oro. Puede que yo sea la más joven, pero deberías aceptar mi consejo en este terreno –Audrey fijó la mirada sucesivamente en su padre, su prometido y Jonah–. En lo referente a los hombres, debes utilizar todas las armas que tengas.

–Gracias por el consejo –dijo Eloisa, aunque no se veía siguiéndolo ni en un millón de años–. Y ahora, podemos volver a centrarnos en tu boda. Tenemos mucho que hacer las próximas dos semanas.

Eloisa trató de no manifestar sus reservas por el hecho de que Audrey fuera a casarse con un tipo de contactos dudosos. Su hermana pequeña había ignorado todas sus advertencias en incluso había amenazado con fugarse con su amante si Eloisa no se guardaba sus opiniones al respecto.

33

Audrey tomó una flor del centro de la mesa y aspiró su aroma.

–¿Y qué me cuentas de Jonah Landis?

Eloisa se encogió de hombros.

–Al parecer, es mi cita para esta noche. Tan sencillo como eso.

–Supongo que no necesitarás que te lleven a casa –bromeó Audrey.

–Tengo el coche aquí.

–Puede llevártelo a casa uno de los hermanos de Joey –Audrey se volvió hacia los hombres–. Hey, Landis. Mi hermana está lista para irse. ¿Por qué no haces que tu chófer acerque hasta aquí ese elegante Rolls Royce? Eloisa lleva todo el día de pie.

Jonah miró a Eloisa y entrecerró los ojos. Eloisa ya había visto aquella mirada depredadora otra vez... justo antes de quitarse el vestido y meterse en la cama con él.

Por hacer algo, tomó una pasta de la mesa y se la comió, tratando de decirse que bastaría para aplacar la sensación de otra clase de hambre que sin duda la acuciaría durante la noche.

Eloisa se movió incómoda en el asiento de la limusina.

Volver a subir al coche de Jonah le había parecido más fácil que ponerse a discutir ante los reporteros. Pero, una vez a solas con Jonah, empezó a dudar de su decisión.

Buscando algo de que hablar que no fuera sobre ellos, tocó distraídamente la pequeña impresora y el portátil que había en una mesita a su lado en la limusina. Al hacerlo sus dedos toparon con una hoja impresa. La miró más de cerca antes de poder contenerse. Parecía un pequeño plano...

Jonah sacó la hoja de la impresora y la guardó en una carpeta.

—¿Por qué huías de los periodistas durante la fiesta?

—Prefiero la discreción. No todo el mundo quiere salir en primera plana —replicó Eloisa en un tono no exento de ironía.

—¿Evitas a la prensa por tu padre? No puedes esperar estar bajo el radar para siempre.

¿Sería consciente Jonah de lo íntimamente que se estaban rozando sus muslos en la penumbra del coche? Eloisa apartó la mano de la impresora y se separó un poco de Jonah.

—Mi madre y yo lo hemos logrado a lo largo de los años. ¿Tienes intención de cambiar eso?

Eloisa contuvo inconscientemente el aliento tras hacer la pregunta que no había dejado de rondar su cabeza desde la inesperada reaparición de Jonah. Era posible que su madre lo hubiera logrado, pero ella metió la pata poco después del funeral.

—Respira —dijo Jonah, y esperó a comprobar que efectivamente lo hacía—. Claro que pienso mantener vuestro secreto. Si alguien lo averigua, no será a través de mí.

Eloisa suspiró, aliviada, y se abanicó el rostro con la mano, relajándose por primera vez desde su reencuentro. Había solucionado el problema de uno de sus secretos, y no había motivos para creer que Jonah fuera a descubrir el otro.

—Podrías haberme ahorrado mucha ansiedad esta noche si me hubieras dicho eso desde el principio.

–¿Qué clase de hombre crees que soy?

Eloisa permaneció un momento en silencio.

–En realidad no sé bien hasta qué punto te conozco.

–Cuentas con las dos siguientes semanas para conocerme.

Eloisa se tensó en el asiento.

–¿Dos semanas? Creía que querías el divorcio.

–Y lo quiero –Jonah alzó una mano y acarició con los nudillos la mejilla de Eloisa–. Pero antes quiero disfrutar de la luna de miel que no llegamos a tener.

Eloisa se quedó boquiabierta.

–Sólo tratas de escandalizarme.

–¿Cómo sabes que no hablo en serio? –la mirada azul de Jonah ardió con un inconfundible… e irresistible deseo.

Eloisa apenas había sobrevivido a su primer encuentro con el corazón intacto y no pensaba meterse de nuevo en aquellas peligrosas aguas.

–No esperarás que me meta así como así en tu cama, ¿no?

–¿Por qué no? –Jonah se inclinó hacia Eloisa hasta que sus mejillas casi se tocaron–. A fin de cuentas, ya hemos dormido juntos.

Aunque lo que menos hicieron fue dormir.

–Aquella noche fue un error que no pienso repetir, así que vuelve a tu lado del coche.

–De acuerdo –dijo Jonah a la vez que se apartaba lentamente–. Serás tú quien decida si tenemos o no relaciones sexuales.

–Gracias –Eloisa enlazó los dedos sobre su regazo para evitar agarrar a Jonah por la solapa para volver a atraerlo hacia sí. ¿Por qué no había comido más pastas?

–Sólo concédeme dos semanas.

–¿Para qué diablos quieres dos semanas? –espetó Eloisa, sorprendiéndose a sí misma tanto como al parecer había sorprendido a Jonah–. No puedo ocuparme de ti ahora mismo. Mi hermana necesita mi ayuda para planificar su boda.

–¿No hay empresas que se ocupan de esas cosas? Podría contratar una.

–No todo el mundo tiene fondos ilimitados.

–¿Tu padre no te envía dinero?

–Eso no es asunto tuyo. Además, no habría sido de Audrey.

–Puede que no, pero estoy seguro de que si tuvieras guardado el rescate de un rey lo habrías compartido con tu querida hermana. ¿Me equivoco?

Eloisa permaneció en silencio, aunque Jonah tenía razón. Si ella hubiera tenido dinero habría extendido un generoso cheque para cubrir los gastos de la boda de su hermana.

Pero no quería el dinero de Enrique Medina. Su madre insistió en que tampoco lo quería, y sin embargo acabó casándose con otro hombre buscando aparentemente la seguridad financiera.

–No soy una menor. Soy una mujer independiente –dijo Eloisa con firmeza–. He buscado mi propio camino en el mundo. Mi padre ya no forma parte de mi vida, y además no estoy en venta.

Eloisa no tenía intención de depender nunca de un hombre. Incluso meses después de lo sucedido, aún le asustaba pensar lo cerca que había estado de repetir el pasado de su madre… sola, sin nadie que la amara.

Y embarazada.

Capítulo Cuatro

Jonah dijo al conductor que esperara y luego siguió a Eloisa, que avanzaba hacia su casa.

Aquella noche no esperaba llegar más allá de las palabras. Necesitaba tomarse las cosas con calma con Eloisa, no como sucedió en España.

El problema era que sólo podía tomarse aquellas dos semanas libres. Luego tenía que volver a trabajar en su siguiente proyecto de restauración. Trabajar en diseños arquitectónicos alrededor del mundo alimentaba su espíritu aventurero.

Su siguiente destino era Perú.

¿Y si no había concluido sus asuntos con Eloisa para entonces? ¿Podría irse así como así?

Se negaba a considerar la posibilidad de un fracaso. Volverían a acostarse. Y exorcizarían el lío del año anterior.

Siguió a Eloisa por la acera con las manos en los bolsillos. El mar sonaba en la distancia. Vivía en una casa unifamiliar, la cuarta de una hilera de casas similares pero de distintos colores. La suya era amarilla.

Se detuvo ante la puerta y miró por encima del hombro:

—Gracias por acompañarme hasta la puerta, pero ya puedes irte.

–No tan rápido, mi querida esposa.

Eloisa sacó las llaves de su bolso, pero Jonah no hizo intención de tomarlas. Quería que Eloisa lo invitara a pasar voluntariamente... lo que no excluía la persuasión.

Eloisa se volvió hacia él con un suspiro.

–Has logrado pasar un año entero sin hablarme. Estoy segura de que te las arreglarás perfectamente sin mí una noche más.

–El hecho de que no me pusiera en contacto contigo antes no significa que hubiera dejado de pensar en ti –aquello era totalmente cierto–. Dejamos muchas cosas sin decir. ¿Tan mal te parece que quiera emplear estas dos semanas para airear las cosas entre nosotros antes de que nos despidamos?

Eloisa contempló el llavero que sostenía en la mano, un conglomerado de silbatos y un recuerdo turístico.

–¿Por qué un par de semanas?

Jonah pensó que no habría sido muy persuasivo argumentar que ése era todo el tiempo del que disponía para encajarla en su agenda de trabajo. El matrimonio de su hermano Sebastian se desmoronó debido al exceso de horas que dedicaba a su bufete.

–Según mi abogado, eso es lo que tardará el asunto en ponerse a rodar –Jonah había pedido consejo a Sebastian en esta ocasión, como debería haber hecho un año atrás–. No puedes culparme por temer que vuelvas a desaparecer.

Pero lo cierto era que la mañana después de su improvisada boda ambos estuvieron de acuerdo en que había sido un error. En realidad Jonah lo asumió después de que Eloisa le diera una bofetada. Luego, ella tomó sus ropas y se alejó hacia la puerta. Jonah esperaba poder hablar con ella tranquilamente del asunto después de que se calmara.

Pero, tras irse de su casa en España, Eloisa ignoró cualquier intento de comunicación de Jonah y se limitó a enviarle los papeles necesarios.

Jonah tomó las llaves que Eloisa aún sostenía en la mano. El recuerdo turístico que usaba de llavero llamó su atención de inmediato. Tras mirarlo atentamente comprobó que se trataba de una reproducción en metal de la casa que había estado restaurando en verano en Madrid cuando se conocieron. Interesante. Y alentador.

–Bonito llavero.

–Lo conservo para recordar los riesgos de la impulsividad –dijo Eloisa a la vez que recuperaba las llaves.

–¿Riesgos? –Jonah tuvo que hacer un esfuerzo para contener su enfado. A fin de cuentas fue ella la que se marchó, no él–. A mí me pareció que te fuiste con gran facilidad. De no ser por los problemas de papeleo que han surgido, habrías salido totalmente ilesa de la experiencia.

Eloisa se puso pálida al escuchar aquello.

–¿Ilesa? ¿De verdad crees que lo sucedido no me afectó? No tienes idea de cuánto he pensado en lo que hicimos, en el error que cometimos.

Jonah no pudo evitar sentirse confundido. Fue ella la que se fue, la que nunca llamó. ¿Por qué se había estado escondiendo si su brevísimo matrimonio le había afectado tanto?

–¿Qué te parece si nos esforzamos por dejar atrás de una vez este asunto? Durante las dos próximas semanas puedes considerarme simplemente tu compañero de piso.

Eloisa se quedó boquiabierta.

–¿De verdad esperas alojarte en mi casa?

–Claro que no –Jonah se fijó de nuevo en el colgante del llavero, un indicio de que Eloisa se había visto afectada por lo sucedido más de lo que quería admitir. Dejó que se relajara un momento antes de contestar–: Podría llamar al conductor para que nos lleve a mi suite junto a la playa.

–No sé cómo puedes tener tanto descaro –dijo Eloisa mientras metía la llave en la cerradura.

–Eso ha dolido. Prefiero pensar que estoy siendo considerado con las necesidades de mi esposa.

–Me muero por saber cómo has llegado a esa conclusión –Eloisa abrió la puerta y pasó al interior.

Jonah asumió que el hecho de que no dijera nada era una invitación a pasar. Victorioso, miró a su alrededor al entrar. Cuanto más conociera a Eloisa, más oportunidades tendría con ella. No pensaba quedarse por segunda vez en plena oscuridad.

La casa era espaciosa, de techos altos, suelo de madera, paredes blancas y un mobiliario esencialmente cómodo y práctico. Y, por supuesto, había libros por todas partes. Recordó que, en España, Eloisa siempre llevaba un libro en su bolso, y que solía dedicarse a leer durante los descansos.

Jonah se quitó la chaqueta y la colgó en un perchero que había en la entrada.

–Bonita casa.

–Estoy segura de que no tiene el nivel de lujo al que estás acostumbrado, pero a mí me gusta.

–Es encantadora y lo sabes. No trates de retratarme como el «tipo malo» sólo para que te resulte más fácil librarte de mí.

Eloisa lo miró un momento mientras dejaba las llaves en el aparador.

–Me parece justo.

Jonah solía pasar bastantes temporadas durmiendo en tiendas de campaña y caravanas durante los comienzos de sus proyectos de restauración, pero no pensaba dedicarse a dar excusas.

–¿Te gustaría contar con más lujos en tu vida? –preguntó mientras se fijaba en una foto en la que aparecían Audrey y su prometido–. Antes has dicho que estás muy ocupada con los planes de la boda. Si nos alojamos en mi suite no tendrás que cocinar ni limpiar y podrás disfrutar del balneario. No hay nada mejor que un buen masaje para librarse del estrés. Tu hermana, tú y las damas de honor podríais disponer del salón el día de la boda. Sería mi regalo a la novia, por supuesto.

Eloisa se quitó los zapatos de tacón y los dejó junto a la puerta que daba al jardín de la casa.

–No puedes comprarme más de lo que podría hacerlo mi padre.

Jonah también se quitó los zapatos y los dejó junto al perchero.

–Me educaron para creer que lo importante no es lo que cueste el regalo, sino lo que significa y lo necesario que sea.

–Eso está muy bien –Eloisa apoyó la cadera contra un taburete.

–En ese caso, haz el equipaje y ven a mi suite.

–No pienso irme.

–En ese caso, supongo que tendré que dormir en tu sofá.

–No irás a decirme ahora que en realidad habrías querido que siguiéramos juntos, ¿no? –dijo Eloisa, conmocionada–. Todas las mujeres de la obra estaban al tanto de que eras un playboy.

–Pero ahora soy un hombre casado –Jonah aún conservaba sus anillos en una cajita que tenía en el hotel, aunque no estaba seguro de por qué los había llevado consigo.

Eloisa movió la cabeza lentamente y suspiró.

–Estoy demasiado cansada, Jonah. Vuelve a tu hotel. Hablaremos mañana, después de una buena noche de sueño.

–¿En serio? No me fío de ti.

–¿Disculpa? –dijo Eloisa, indignada.

Pero algo oscureció de inmediato su mirada. ¿Culpabilidad, tal vez?

–No me hablaste de tu padre, una parte importante de tu pasado. Puede que hicieras un buen trabajo ocultando la verdad a lo largo de los años, pero mi abogado y un detective privado también hicieron un buen trabajo desentrañándola.

–No tenías derecho a hacer que un detective investigara mis asuntos privados.

–Soy tu marido. Creo que eso me da algún derecho. ¿Y si hubiera querido casarme otra vez creyendo que estábamos divorciados?

–¿Estás viendo a alguna otra? –preguntó Eloisa en su tono más remilgado de bibliotecaria.

–No, no estoy viendo a ninguna otra. Pero la cuestión es que, efectivamente, no me fío de ti. Huiste una vez y no pienso volver a perderte de vista hasta que esto quede resuelto.

–Tengo que ocuparme de la boda de mi hermana. No pienso ir a ningún sitio.

–Hay muchas formas de mantener a una persona alejada de tu vida –Jonah había visto el creciente abismo que se había creado entre su hermano Sebastian y la esposa de éste mientras vivían en la misma ciudad.

–No puedes pretender quedarte aquí, en mi casa.

Jonah habría preferido que se quedaran en su suite, donde podría haber seducido a Eloisa con todas las ofertas del centro, pero le bastaba con dormir bajo el mismo techo. Tomó las llaves que había dejado Eloisa y las sostuvo para mirar de nuevo el recuerdo de Madrid.

–Ambos tenemos muchos asuntos que resolver en dos semanas. Deberíamos aprovechar cada minuto.

Eloisa se quedó mirando las llaves tanto rato que Jonah llegó a pensar que estaba hipnotizada. Finalmente, se llevó la mano a la frente.

–De acuerdo. Estoy demasiado cansada como para discutir. Puedes quedarte, pero… –alzó un dedo admonitorio–… dormirás en el sofá.

Jonah no pudo resistir burlarse de ella para comprobar si su sonrisa seguía siendo tan radiante como la recordaba.

–¿No habrá besitos de bienvenida?

Eloisa frunció el ceño.

–No tientes tu suerte.

–Lo último que se pierde es la esperanza –Jonah

encendió una lámpara y se fijó en un pisapapeles de cristal que contenía en su interior una caracola y una rosa seca. Lo tomó, lo lanzó al aire, volvió a tomarlo…

–¿Te importaría dejar eso? –espetó Eloisa, irritada.

Jonah miró el pisapapeles que sostenía en la mano. ¿Sería un recuerdo sentimental? ¿El regalo de algún hombre? No le gustó la punzada de celos que sintió al pensar en aquella posibilidad, pero, a fin de cuentas, Eloisa seguía siendo su esposa… al menos de momento.

–¿Debería preocuparme que pudiera aparecer de pronto un novio tuyo dispuesto a darme una patada en el trasero?

–Prefiero que hablemos de ti. ¿A qué te has dedicado durante el año pasado pensando que eras soltero?

–¿Celosa? –Jonah lo estaba porque Eloisa no había respondido a su pregunta. Pero si hubiera habido otro hombre, sin duda habría estado con ella en la fiesta.

Eloisa le quitó el pisapapeles de las manos.

–Estoy cansada, no celosa.

Jonah se preguntó si quería que estuviera celosa. No. Lo que quería era sinceridad, de manera que se dispuso a ser sincero.

–He pasado los doce últimos meses tratando de descubrir quién era realmente mi esposa.

Eloisa lo miró con evidente confusión.

–Tal y como has dicho eso, casi podría creerte. Pero sé que no es así, por supuesto.

–Pensé que habías dicho que apenas nos conocemos. Sólo pasamos un mes juntos. Y pasamos casi todo el tiempo en la cama –Jonah se sentó en el sofá y extendió un brazo por el respaldo–. Hablemos ahora.

–Tú primero –Eloisa se sentó en el borde de una silla junto al sofá.

–Ya sabes mucho de mí. Mi familia aparece en las noticias y lo que no se ve ahí está en Wikipedia.

–Toda esa información no revela nada fiable sobre quién eres –mientras hablaba, Eloisa fue llevando la cuenta con los dedos–. Recuerdo que siempre eras puntual llegando al trabajo. Nunca utilizabas el móvil mientras hablabas con el capataz de la obra. Me gustaba que prestaras a la gente toda tu atención. Recuerdo que ocultabas tan bien tu conexión con los Landis que tardé tres semanas en enterarme que eras parte de la familia –Eloisa suspiró y dejó de contar–. Pero todo eso no es motivo suficiente para casarse. Deberíamos saber algo más el uno del otro que nuestros hábitos de trabajo.

–Sé que te gusta el café con dos cucharadas de azúcar –bromeó Jonah con una semisonrisa.

Aquél no parecía el momento adecuado para mencionar que sabía que el corazón de Eloisa latía más rápido cuando soplaba con delicadeza en la curva de su cuello. La parte sobre el sexo tendría que esperar.

–¿Quieres saber más sobre mí? De acuerdo. Mi hermano Kyle se ha casado recientemente.

–Ya lo has mencionado cuando has hablado de la renovación de sus votos.

–Fueron a Portugal, y ése fue el motivo por el que volví a España –la nostalgia lo había llevado de vuelta a Madrid. Esperaba que el hecho de volver a ver los lugares en que había estado con Eloisa le permitiera cerrar definitivamente aquel capítulo de su vida.

–La prensa desconoce el motivo por el que renovaron sus votos tan pronto después de la boda. Se casaron para asegurarse la custodia de mi sobrina, la hija de mi hermano Kyle. Su madre biológica se desentendió de ella dejándola en manos de Phoebe y luego desapareció. Todo ese asunto alteró mucho a nuestra familia. Afortunadamente, la pequeña Nina está a salvo.

–¿Quieres a tu sobrina? –preguntó Eloisa con expresión inescrutable.

–Tengo que confesar que me encantan los niños… y que me enorgullece ser el tío favorito de mis sobrinos. ¿Quieres ver algunas fotos?

–¿Llevas fotos de ellos contigo? –dijo Eloisa, incrédula.

–Tengo todo un álbum en mi teléfono –Jonah sacó su móvil y tocó la pantalla hasta que salieron las fotos. Luego se inclinó hacia Eloisa–. Mi hermano Sebastian y su esposa volvieron a casarse tras divorciarse. Tienen un hijo –mostró una foto de su sobrino dando sus primeros pasos–. Éste es mi hermano Matthew…

–El senador de Carolina del Sur.

–Sí. Éste es él con su esposa y su hija en la playa –Jonah pasó a la siguiente foto–. Y éste es un retrato de la familia tomado en Portugal–. Ésa es mamá con su marido, el General, y los tres hijos de éste con sus esposas e hijos.

–Tienes una familia muy numerosa.

–Las Navidades pueden llegar a resultar bastante

47

ruidosas cuando nos reunimos todos en la casa familiar de Hilton Head.

—Dada la variedad de vuestras ocupaciones, es asombroso que podáis reuniros todos.

—Nos gusta dedicar tiempo a lo que de verdad importa.

Eloisa se apoyó contra el respaldo de su asiento a la vez que cruzaba los brazos a la defensiva.

—Tus hermanos están felizmente casados, lo que supongo que significa que tu madre llevará tiempo dándote la lata para que sigas sus pasos, busques una esposa y tengas unos cuantos querubines... y por eso me buscaste.

No era aquello lo que buscaba Jonah. Dejó su teléfono en la mesa, junto al pisapapeles de cristal.

—Me parece que extraes conclusiones muy precipitadas de un simple comentario sobre mis hermanos y sus familias.

—No lo estás negando.

Jonah sintió que estaba perdiendo terreno, y ni siquiera estaba seguro de por qué.

—Puede que mi madre sea una política de voluntad férrea, pero yo soy su hijo y he heredado sus cualidades. No permito que nadie me influya o coaccione para hacer nada.

—A menos que esa influencia venga del fondo de una botella.

—Yo no estaba bebido la noche que nos casamos —Jonah tan sólo había tomado un par de cervezas—. Tú sí.

—¿Estás diciendo que realmente querías casarte conmigo?

—Eso pensaba en aquel momento.

Eloisa miró a Jonah con expresión horrorizada.

–¿Estabas enamorado de mí?

–La magnitud de tu horror ante esa perspectiva no resulta especialmente alentadora para mi ego.

Eloisa se puso en pie.

–Estás jugando conmigo –fue hasta un extremo de la habitación y abrió un armario lleno de ropa de cama–. No me hace gracia que te burles de mí.

La facilidad y la forma con que Eloisa desestimaba lo sucedido entre ellos un año antes irritó a Jonah. Estaba de acuerdo en que su boda fue un error impulsivo. Todos sus hermanos se estaban casando y él había llegado a creer que lo que sentía por Eloisa se parecía a lo que sus hermanos describían como «encontrar a su media naranja». Tal vez se equivocó en eso. Era posible que Eloisa hubiera bebido más de la cuenta, pero fue muy clara respecto a cuánto lo deseaba, a cuánto lo necesitaba.

La necesidad y el deseo no eran amor... pero era evidente que sintieron algo él uno por el otro, algo fuerte e innegable.

–Yo nunca me burlaría de ti –dijo, frustrado–. Preferiría hacer cosas mucho más interesantes contigo esta noche. Volvamos a la parte del sexo.

Eloisa rió.

–En ningún momento hemos hablado de sexo.

–Has mencionado lo de tener querubines –replicó Jonah. Sabía que estaban bromeando, pero encontraba excitante la conversación y además era una buena manera de suavizar su irritación–. Siento que tu madre nunca llegara a contártelo, pero sólo a partir del sexo surgen los querubines.

La expresión de Eloisa se volvió nuevamente hermética.

–No eres ni la mitad de gracioso de lo que crees.

–¿Entonces soy medio gracioso? No está mal.

Sin miramientos, Eloisa dejó la ropa de cama sobre el regazo de Jonah.

–Prepárate la cama en el sofá. Yo me voy a dormir.

Jonah la observó mientras subía las escaleras hacia su cuarto y no pudo evitar una pequeña sensación de triunfo por el hecho de que le hubiera dejado quedarse. Un instante después oyó el sonido de una puerta al cerrarse… seguido del inconfundible «clic» del pestillo.

Estaba claro que en algún momento había vuelto a meter la pata… pero seguía sin saber cómo.

Arriba, en su dormitorio, Eloisa se sentó en el borde de la cama y se deslizó hasta el suelo. Se rodeó las piernas con los brazos mientras sus ojos se llenaban de lágrimas.

Ver a Jonah tocando ese pisapapeles casi hace que se desmorone. Tras perder al bebé cuatro meses después de quedarse embarazada hizo una pequeña ceremonia privada a modo de funeral de su bebé. Llevó un ramillete de rosas blancas a la playa y dejó que las olas se las llevaran mientras rezaba.

Conservó una rosa que se secó más rápido que sus lágrimas. Luego hizo que la envolvieran en cristal junto con un par de caracolas y un poco de arena.

Los médicos le dijeron que había sufrido un aborto espontáneo, y que no había motivo para que no pudiera tener más hijos, pero Eloisa no tenía nada claro que pudiera llegar a tener una relación profunda y duradera con algún hombre, y menos aún iniciar una familia.

Entre el temor a las amenazas de los enemigos de su padre y el temor aún más profundo a revelar el secreto de su madre… se frotó los ojos con el antebrazo.

Estaba hecha un lío.

¿Qué diría Jonah si llegara a averiguar que le había ocultado su embarazo?

Aún no entendía por qué retrasó tanto ponerse en contacto con él para decirle que estaba embarazada. Se dijo que se lo comunicaría antes de que el bebé naciera. Pero cuando perdió al bebé se quedó tan desolada que ponerse en contacto con Jonah le pareció una tarea abrumadora.

Cada día que pasaba parecía más fácil permanecer callada. Decírselo ahora no serviría para nada.

Un sonido de aviso de su móvil la sorprendió en medio de un sollozo. No se sentía con ganas de hablar con nadie a aquellas horas. Afortunadamente, comprobó que era un mensaje de su hermana. Pulsó el botón para verlo.

¿Ya estás en casa? Estoy preocupada por ti.

Eloisa se llevó el teléfono al pecho. Nunca había compartido sus cargas con nadie. Sus secretos eran demasiado grandes, demasiado profundos. Desahogarse habría sido egoísta por su parte.

Estoy en casa y bien. No te preocupes, contestó.

Envió el mensaje de vuelta y se puso en pie. Tenía que acostarse y dormir. ¿Pero sería posible hacerlo con Jonah abajo, en el sofá?

El teléfono volvió a sonar. Era un nuevo mensaje de Audrey.

¿Qué tal tu macizo? ¿Está ahí?

Eloisa dejó el móvil en la encimera del baño, indecisa. ¿Qué debía responder a su hermana?

No había duda de que Jonah la estaba afectando con su mera presencia mucho más de lo que habría esperado. Pero si quería tiempo para decidir qué hacer sobre él, sobre su padre, sobre su biología, necesitaba seguirle la corriente un poco más.

Pero, más allá de eso, ¿qué era lo que quería?

Se miró en el espejo. Tomó un mechón de pelo que había escapado de su austera coleta. No llevaba ningún maquillaje, pero tenía las mejillas ruborizadas como nunca antes… excepto durante aquel mes en España.

La verdad floreció de pronto en su interior. No era la clase de persona capaz de bajar al salón, retirar las mantas de Jonah y mandar al diablo las posibles consecuencias para aprovecharse al máximo de su condición de casada. Ya había caminado en una ocasión por aquella senda y sólo había servido para llevarla a su actual situación.

De pronto se le ocurrió una tentadora alternativa. ¿Y si volvía a acostarse con él, pero en esta ocasión por mera diversión, sin anillos ni bodas de por medio? La vez anterior dejó que las cosas se volvieran demasiado serias. Obviamente, hacerlo fue un error en muchos aspectos.

¿Podría olvidar el pasado y tener una aventura con su ex marido?

Capítulo Cinco

Eloisa logró pasar la noche sin bajar al cuarto de estar… aunque le costó contenerse cuando despertó alrededor de las cuatro.

Finalmente, cuando amaneció, sintió que ya podía bajar sin sentir que había cedido. Ya que eran sólo las seis y media, lo más probable era que sólo fuera a ver a Jonah durmiendo, algo que se perdió la noche que pasaron juntos.

Se puso una bata blanca y se ciñó el cinturón antes de salir del dormitorio. A medio camino de las escaleras comprobó que el sofá estaba vacío. Terminó de bajar las escaleras y apoyó sus pies descalzos en la gruesa alfombra que había a los pies.

¿Dónde estaba Jonah? El baño de abajo estaba en silencio, con la puerta abierta, el espejo aún cubierto con un poco de vaho y una toalla azul colgada de la rejilla. ¿Se habría ido tan bruscamente como había aparecido, incluso después de haber bromeado con lo de pasar una última noche juntos? La mera idea de volver a estar con él hizo que un agradable cosquilleo recorriera su cuerpo… aunque se le pasó en seguida ante la perspectiva de que ya se hubiera ido.

Fue a la cocina y comprobó que también estaba vacía.

–Sí, claro… –la voz de Jonah llegó desde el patio.

Eloisa giró sobre sí misma. Las puertas correderas de la cocina estaban entreabiertas. Se apoyó contra el borde de la encimera y miró hacia el jardín. Jonah estaba sentado en su tumbona, hablando por teléfono. La curiosidad hizo que Eloisa permaneciera donde estaba, a pesar de que probablemente debería haber hecho algo para anunciar su presencia, como abrir y cerrar un par de armarios en la cocina.

Vestido con unos vaqueros, Jonah tenía sus largas y fuertes piernas extendidas ante sí, iluminadas por el sol de la mañana. Había algo cálido e íntimo en la contemplación de sus pies desnudos y, aunque Eloisa no podía ver su pecho, sus brazos también estaban desnudos.

Los recuerdos de la noche que hicieron el amor afloraron a la superficie. Era posible que Eloisa hubiera tomado un par de copas y que hubiera perdido algunas inhibiciones, pero recordaba muy bien el sexo. El buen sexo. El asombroso sexo del que disfrutó. Deseaba intensamente a Jonah y prácticamente le arrancó la camisa. Su pecho desnudo captó por completo su atención. Sabía que sería musculoso. Había sido imposible pasar por alto las ondas que había bajo su camisa, pero no estaba preparada para la intensa definición e inconfundible fuerza que revelaba al desnudo.

Siempre se había considerado del tipo cerebral y hasta entonces sólo le habían atraído hombres de tipo académico. De manera que fue una sorpresa comprobar que se le debilitaban las rodillas sólo con mirar los pectorales de Jonah.

–De acuerdo –dijo él a la persona que estaba al

otro lado de la línea. Pasó una mano por su brillante pelo negro–. Eso hará que nos retrasemos una semana. Ponte en marcha y envíame las especificaciones. Volveré a ponerme en contacto contigo para darte una respuesta por la tarde –escuchó y asintió–. Puedes localizarme en este número. Entretanto, me mantendré a la espera de tu fax.

Desconectó y no dio indicios de tener intención de marcar de nuevo. Eloisa pensó que en cualquier momento se levantaría y la vería, de manera que buscó alguna excusa para parecer ocupada y tomó rápidamente la cafetera de la encimera.

Jonah se levantó y estiró los brazos por encima de la cabeza.

Eloisa sintió que se le secaba la boca. El pecho de Jonah era todo lo que recordaba y más. Había olvidado su intenso moreno, el brillo de su piel…

Deslizó la mirada hacia abajo, aún más abajo y… oh, oh… se había dejado el botón del pantalón desabrochado.

No llevaba calzoncillos.

Eloisa se agarró a la encimera para mantener el equilibrio.

Apartó la mirada del torso desnudo de Jonah y la llevó hasta su rostro. Él también la estaba mirando.

–Lo… lo siento, Jonah –balbuceó Eloisa a la vez que se volvía para llenar la cafetera de agua–. No pretendía interrumpir tu llamada.

–No pasa nada. Ya he acabado –Jonah guardó el móvil en el bolsillo de su pantalón y observó a Eloisa tan atentamente como ella lo había observado a él–. ¿Vas a preparar té o café?

–Café –Eloisa se volvió y trató de centrarse en los preparativos del café–. ¿Estabas hablando con tu abogado sobre el procedimiento de nuestro divorcio?

–No. Era una llamada de trabajo.

Eloisa sintió el aliento de Jonah en el cuello, pero no le había oído acercarse.

–¿Tienes un trabajo? –preguntó distraídamente.

El apartó su cola de caballo y la colocó sobre uno de sus hombros.

–Creo que me siento insultado por el hecho de que lo preguntes.

Eloisa se apartó de él y abrió el armario en el que tenía el café.

–¿No estabas trabajando en tus estudios de graduación como los demás cuando nos conocimos? –se volvió a mirarlo–. Había asumido que…

Jonah alzó una ceja.

–¿Asumiste que era un estudiante perpetuo satisfecho con vivir del dinero de mamá y papá? Veo que te hiciste toda una imagen de mí con muy poca información.

Eloisa terminó de preparar la cafetera.

–Tú también hiciste suposiciones sobre mí.

–¿Por ejemplo? –dijo Jonah mientras se apoyaba de espaldas contra la encimera.

–Durante esas semanas en Madrid di la impresión de ser alguien diferente a quien soy –Eloisa se cruzó de brazos–. Esa época de mi vida no se corresponde con mi carácter.

–Ah, ¿no?

–Soy una persona casera, no aventurera. Me gustan mis libros, mi sillón de lectura y una taza de café.

Esa clase de aventura exótica no es lo mío. Tuve la suerte de obtener una beca que me garantizaba los créditos que necesitaba. En el fondo soy una bibliotecaria, no una chica lanzada que se emborracha y se casa impulsivamente con un tío bueno.

—¿Piensas que soy un tío bueno? —los intensos ojos azules de Jonah brillaron traviesamente.

—Ya sabes que te encuentro físicamente atractivo —Eloisa utilizó su tono más profesional de «bibliotecaria», que solía servirle para mantener bajo control a los alborotadores más bulliciosos—. Pero estamos hablando de cosas más importantes.

—Por supuesto —Jonah tomó una manzana del frutero—. Tengo una teoría.

—¿Qué teoría? —estaban casi desnudos. Jonah tenía una manzana…

¿Dónde estaba la serpiente?, se preguntó Eloisa.

—Creo que eres la clase de mujer que viaja por el mundo y corre riesgos impulsivamente, aun sabiendo que a veces las cosas pueden salir mal. En el fondo quieres correr más riesgos de ésos porque sabes que, a veces, las cosas salen bien.

—Pareces tener las cosas muy claras sobre mí.

Sin contestar, Jonah tomó un bocado de la manzana. ¿Por qué no habría elegido una naranja, o un inocente melocotón?

Eloisa observó cómo trabajaba su boca. Había hecho eso antes, en España, durante un picnic con todo el equipo. Entonces le gustaba fantasear sobre él, pues jamás se le ocurrió pensar que algún día se dejaría llevar por esas fantasías.

Y allí estaba, soñando despierta sobre las sensaciones que despertarían los labios de Jonah en su piel...

–¿Disculpa? –dijo al darse cuenta de que Jonah había dicho algo que no había entendido.

Jonah dejó a un lado su manzana.

–La época que pasamos juntos fue muy intensa. Se puede aprender mucho sobre una persona en poco tiempo.

–Pero al día siguiente estuviste de acuerdo en que habíamos cometido un error.

–¿En serio?

Eloisa miró a Jonah a los ojos y trató de comprenderlo, de comprender aquel extraño reencuentro. Pero su expresión no revelaba nada. Tocó con delicadeza su mano.

–No juegues conmigo, por favor. Sé lo que escuché. Y no puede decirse precisamente que vinieras tras de mí.

–Ahora estoy aquí.

¿Y si hubiera ido tras ella de inmediato?, se preguntó Eloisa. Le habría contado que estaba embarazada. No habría sido capaz de ocultarle la verdad. Las cosas habrían sido muy distintas...

O tal vez no. Su madre no vivió precisamente un cuento de hadas cuando se quedó embarazada.

Movió la cabeza para alejar aquellos pensamientos. No le gustaba regodearse en lo que hubiera podido ser.

–Has venido en busca de tú última noche de sexo conmigo... y en busca de tu divorcio.

–¿Y quién dice que no podamos cambiar de opinión? –sin dar tiempo a Eloisa a responder, Jonah tiró la manzana al cubo de la basura–. Tengo que ir en busca de ese fax.

Eloisa parpadeó desconcertada mientras él salía de la casa sin camisa. Oyó que abría la puerta y vio por la ventana que se dirigía hacia la limusina. Entonces recordó que el vehículo contaba con una pequeña oficina móvil que incluía ordenador, impresora y fax.

También se dio cuenta de que Jonah no había respondido a su pregunta sobre la llamada telefónica ni sobre su trabajo. Al parecer, sabía mucho más sobre ella que ella sobre él.

Si quería seguir adelante con su vida, había llegado el momento de dejar de babear por su cuerpo y de empezar a mirar seriamente al hombre que había debajo.

Jonah había captado el brillo del deseo en los ojos de Eloisa bajo su aparente barniz de calma.

Se puso un polo negro mientras esperaba a que Eloisa terminara de ducharse arriba. El trabajo no lo distraía de imaginarla desnuda bajo la ducha. En realidad creía recordar cada detalle de su cuerpo. Aquella noche aún ardía en su memoria.

¿Dejaría de obsesionarse por ella si pasaran más tiempo juntos? Eso esperaba, porque no quería pasar otro año como el que acababa de soportar.

Al escuchar que el agua dejaba de correr arriba, fue a la cocina a servir dos tazas de café. Cuando terminó y se volvió, Eloisa acababa de bajar. Entró en la cocina, descalza, con un sencillo vestido azul de tirantes. Se ceñía sutilmente a sus curvas y su piel relucía tras la ducha. Llevaba el pelo húmedo y sujeto en su característica coleta, dejando expuesto el cuello. Jonah había notado cómo se había excitado antes, cuando había colgado el teléfono, y probablemente podría persuadirla ahora...

Pero no quería ganar la vieja batalla de la seducción. Quería que Eloisa acudiera a él.

Eloisa tomó la taza que le ofreció, cuidando de que no se rozaran sus dedos.

—¿Has recibido tu fax?

—Sí —Jonah estaba a punto de hablarle de su siguiente trabajo de restauración de una hacienda peruana del siglo diecinueve cuando comprendió que Eloisa sólo le había hecho aquella pregunta porque pensaba que se estaba poniendo en contacto con su abogado para hablar del divorcio.

—Yo apenas suelo desayunar, pero si quieres hay algo de fruta y pan tostado. Puedes comer lo que encuentres.

—No te preocupes. Ya comeré algo si tengo hambre.

—Bien —Eloisa asintió—. Y ahora, háblame de tu trabajo.

—No tengo trabajo, ¿recuerdas? —dijo Jonah en tono irónico—. Sólo soy un playboy perezoso.

Eloisa lo miró con expresión arrepentida.

—Me equivoqué al asumir eso. Pero ahora quiero que me hables de tu trabajo.

Jonah no estaba seguro de querer verse sometido a un interrogatorio, y no sabía por qué había pasado Eloisa de querer echarlo a entablar una conversación.

—¿No tienes que ir a trabajar, o a ayudar a tu hermana con sus planes de boda?

–Audrey está ocupada hoy, y a mí me queda aún media hora antes de salir para la biblioteca.

–Avisaré al chófer.

–No hace falta –Eloisa se volvió y fue a sentarse al sofá–. El prometido de mi hermana se ocupó de traerme el coche. Audrey me ha enviado un mensaje diciéndome que está en el aparcamiento.

–En ese caso, ya está resuelto –Jonah observó a Eloisa, que dejó su taza en la mesa que había junto al sofá. Luego tomó la colcha que había utilizado Jonah y empezó a doblarla–. Háblame de tu trabajo.

Jonah dejó su taza en la mesa y tomó un extremo de la colcha.

–¿Qué quieres saber?

–¿Por qué te dedicas a reconstruir edificios históricos en lugar de hacerlos nuevos? –Eloisa se inclinó hacia Jonah para recoger la colcha.

Él la miró a los ojos y se planteó la posibilidad de besarla allí mismo, pero quería que fuera ella la que diera el paso. Se agachó para tomar el nuevo extremo de la colcha y volvió a erguirse.

–Soy aficionado a la historia desde pequeño, y he viajado mucho con mi familia.

Eloisa terminó de doblar la colcha y permaneció con ella sobre el regazo.

–Cuéntame más –dijo a Jonah a la vez que apartaba un par de cojines del sofá para sentarse junto a él, aunque manteniendo las distancias. De momento.

–Soy arquitecto y estoy especializado en monumentos históricos.

–Por eso estabas en España el año pasado –Eloisa se apoyó contra el respaldo del sofá y sonrió por primera vez aquella mañana–. Pero también estabas estudiando, ¿no?

Jonah se movió incómodo en el asiento. ¿No se conformaría Eloisa con que le diera un currículum?

–Terminé mi tesis doctoral.

–Estoy impresionada.

Jonah se encogió de hombros. Prefería no hablar de sí mismo.

–Me gusta el tema y mientras estudiaba no tuve que preocuparme por si me concedían o no me concedían becas.

–Pero también estabas en España por asuntos más oficiales.

–Así es.

–¿Y por qué lo mantuviste en secreto?

Jonah empezaba a preguntarse si aquello sería alguna especie de trampa.

–No lo mantuve en secreto –simplemente sentía que no tenía por qué contar todo a todo el mundo.

–Estás jugando con las palabras. No puedes culparme por hacer suposiciones cuando no compartes la información. Así que cuéntamelo ahora. ¿Qué estabas haciendo en España?

Jonah suspiró y asintió.

–Cuando cumplí dieciocho años decidí que no quería vivir del dinero de mi familia. Mientras estaba en la universidad comencé a reparar casas.

–¿Te dedicaste a la construcción mientras estudiabas?

–¿Hay algo malo en eso?

–Claro que no. Pero… supongo que saqué conclusiones precipitadas sobre tus años de estudiante.

–No tenía tiempo que perder dedicándome a las

fraternidades y tonterías semejantes, princesa. Me dediqué a hacer reparaciones, invertí y acabé dedicándome a la restauración de edificios históricos. Seguí invirtiendo... y aquí estoy.

–¿Y la influencia de tu familia en el mundo de la política? ¿Y tu herencia?

Algunas de las mujeres que habían pasado por la vida de Jonah se habían sentido muy decepcionadas al enterarse de su falta de interés en formar parte del mundo político en que habitaba su familia.

–¿Qué sucede con eso?

–¿Te limitas a dejar el dinero quieto?

–No, claro que no. Lo invierto. Espero dejar más a mis hijos.

Eloisa apartó la mirada y dejó su taza en la mesa.

–¿Quieres tener hijos?

–Claro que sí. Por lo menos media docena.

Eloisa se puso en pie bruscamente, dio un paso atrás y estuvo a punto de tropezar. Se sujetó al respaldo de una silla para mantener el equilibrio.

–Tengo que terminar de prepararme para ir al trabajo.

¿Qué había hecho que reaccionara así? Jonah creía estar dando pasos adelante y de repente Eloisa estaba mirando su reloj y recogiendo su bolso.

¿Estaría yendo demasiado deprisa? Pero no era de los que admitía fácilmente la derrota. Sólo tenía que ser paciente y seguir poco a poco, ladrillo a ladrillo. Observó a Eloisa mientras se encaminaba hacia la puerta. Y cuando se volvió para despedirse se dio cuenta.

Se había puesto vaselina en los labios.

Pensó en la tarde anterior. Estaba preciosa en el

muelle junto al agua, con aquel vestido y el pelo suelto. Llevara lo que llevase, poseía un estilo y una elegancia naturales que proclamaban su belleza intemporal.

Y estaba seguro de que no llevaba maquillaje, como tampoco lo llevaba en Madrid. Sin embargo, por algún motivo, aquella mañana había decidido que sus labios brillaran. Era un detalle intrascendente, sin duda, pero sentía curiosidad por cada detalle que rodeaba a la mujer con la que se había casado.

Ese día habían hecho un buen comienzo para llegar a conocerse mejor. Aunque sobre todo habían hablado de él. Al pensar en ello, Jonah llegó a la conclusión de que apenas sabía nada sobre el trabajo de Eloisa.

Si quería acercarse a ella, tal vez debería averiguar algo más sobre el lugar en que trabajaba.

Capítulo Seis

Eloisa subió a lo alto de la escalera rodante para dejar en las estanterías dos copias de *La letra escarlata*. Normalmente el trabajo solía calmarla, pero aquel día no parecía ser así.

Sin duda, la culpa la tenía su marido. La repentina presencia de Jonah en su vida resultaba inquietante a muchos niveles. Se había puesto en contacto con su abogado y, al parecer, Jonah tenía razón. El proceso de divorcio no había salido adelante. Su abogado acababa de recibir los papeles aquella mañana, aunque aseguraba no tener idea de cómo había dado Jonah con sus orígenes Medina. Planeaba acudir directamente al padre y los hermanos de Eloisa para advertirlos de lo sucedido.

Eloisa alineó los libros y empezó a bajar la escalera. Cuando sintió que una mano la sujetaba por la pantorrilla tuvo que agarrarse a un lateral para no caer hacia atrás. Bajó la mirada…

–Jonah… –susurró–… ¡me has dado un susto de muerte!

–Lo siento. No quería que te cayeras –dijo Jonah, que no retiró la mano de su pantorrilla.

Eloisa siguió bajando y la mano de Jonah fue subiendo. El corazón de Eloisa latió más rápido mientras se preguntaba cuánto tiempo seguiría jugando a aquello.

Bajó otro escalón.

Jonah retiró la mano.

Eloisa terminó de bajar la escalera.

–¿Qué haces aquí?

–He venido a rescatarte, a menos que tengas algo que hacer respecto a los planes de boda de tu hermana. Si no es el caso, he venido a invitarte a comer.

¿Una cita para comer? Aquello sonaba divertido, y más que un poco impulsivamente romántico. Y también imprudente… al menos si quería mantener el equilibrio mientras averiguaba qué hacía ponerse en marcha a Jonah Landis.

–Ya he comprado un sándwich camino del trabajo.

–En ese caso, en otra ocasión será –Jonah miró por encima del hombro de Eloisa y luego por encima del suyo–. ¿Te importa si doy una vuelta por la biblioteca antes de irme?

Eloisa sintió que se le secaba la boca ante la idea de pasar más tiempo con él.

–Es una biblioteca pública y está abierta a todo el mundo.

–Esperaba contar con mi guía personal –dijo Jonah con una sonrisa–. Siento debilidad por las bibliotecarias morenas y sexys que llevan el pelo sujeto en una coleta. Y si además tiene unos exóticos ojos marrones…

–Ya lo capto: flirteas –Eloisa reprimió una risa–. ¿Quieres una visita guiada? –sacó un ejemplar de *Historia de dos ciudades* de la estantería junto a la que se encontraba–. ¿De una biblioteca?

–Quiero ver tu biblioteca. Tú viste mi lugar de trabajo en España. Ahora yo quiero ver el tuyo.

Eloisa se preguntó si Jonah estaría hablando en serio. ¿Necesitaría, como ella, algunos datos adicionales antes de dejar atrás su pasado? Posiblemente, su flirteo no fuera más que una forma de ocultar la misma confusión que ella sentía.

Y, probablemente, ella estaba pensando demasiado. ¿No decían los hombres que las cosas eran mucho más sencillas para ellos?

Además, ¿qué problema había en enseñarle la biblioteca? No se le ocurría un lugar más seguro en el que estar con él… aunque tampoco quería verse sometida después a un interrogatorio por parte de sus compañeros de trabajo.

Finalmente, Jonah tomó la iniciativa y abrió una puerta que daba a la zona de investigación.

–¿Qué te hizo elegir la especialidad de biblioteconomía?

Eloisa miró a su alrededor. Aquélla era una zona aislada y discreta. Podía hablar sin preocuparse por ser escuchada.

–Mi madre pasó mucho tiempo bajo vigilancia. Yo aprendí a ser discreta desde muy pequeña. Los libros eran…

–¿Tu forma de escape? –concluyó Jonah a la vez que señalaba a su alrededor.

–Mi forma de divertirme. Ahora son mi medio de vida.

–¿Y después de que tu madre se casara con tu padrastro? –Jonah apoyó una mano en la espalda de Eloisa mientras giraban en un pasillo.

Eloisa siempre se había preguntado cómo era posible que su madre se hubiera enamorado de un rey, especialmente de un rey depuesto, con toda una serie de dramas rodeando su vida. Enrique Medina parecía la antítesis de su padrastro, un hombre con muchos defectos, pero que al menos había estado presente en su vida.

—Se llama Harry Taylor —dijo, dejándose llevar por un impulso de lealtad.

—Sí, como se llame.

Eloisa no pudo reprimir una sonrisa.

Su padrastro no era un mal tipo, aunque sí resultaba un tanto pretencioso y pedante… y en el fondo sabía que quería a su hija biológica mucho más de lo que nunca la había querido a ella. Aún le dolía pensar en ello, pero no tanto como antes.

—Agradezco que defiendas mi causa, pero sé cuidar de mí misma.

—Nunca lo he dudado —respondió Jonah—. No sé cómo se nos ocurre a algunos tratar de defenderte.

Eloisa movió la cabeza.

—Creía que querías que te diera una vuelta por la biblioteca.

—Podemos hablar a la vez.

Eloisa no estaba segura de poder caminar y comer chicle a la vez cuando estaba con aquel hombre. Sonrió forzadamente.

—Claro que podemos. Éste es mi despacho.

Abrió una puerta e hizo una seña para que Jonah pasara a una pequeña habitación abarrotada de libros. Eloisa dejó el clásico de Dickens que llevaba consigo en el escritorio.

La puerta se cerró con un ligero clic. Al volverse, Eloisa sintió que Jonah ocupaba casi todo el espacio de su despacho. Tal vez se debía a que no había ventanas, o ni siquiera una mirilla en la puerta. No a que estuvieran solos.

Completamente solos.

Jonah no había planeado quedarse a solas en la biblioteca con ella.

Sin embargo, allí estaban. Los dos solos, en la diminuta y aislada oficina de Eloisa.

Miró a su alrededor en busca de alguna distracción, de algo de que hablar. La estantería en que se fijó estaba llena de libros sobre España y Portugal. Al parecer, Eloisa no sentía tanto desapego por sus raíces como trataba de hacerle ver.

Deslizó el dedo por el lomo de un libro de poesía española. Eloisa hablaba el castellano con fluidez.

–¿Has conocido alguna vez a tu padre biológico en persona?

–Lo vi en una ocasión, cuando tenía siete años.

–Eso fue años después de que fuera visto por última vez –dijo Jonah mientras seguía inspeccionando los libros.

–No sé dónde fuimos a verlo. A mí me pareció un viaje muy largo, pero a esa edad todos los viajes te parecen largos.

–¿Recuerdas el medio de transporte en el que fuiste?

–Por supuesto.

Jonah no pudo contener una sonrisa.

–Pero no me lo vas a decir

–Puede que no tenga una relación con mi padre, pero eso no significa que no me preocupe su seguridad, o la de mis hermanos.

–Es cierto. Medina tiene tres hijos. ¿Los conoces?

–A dos de ellos.

–Debió ser una experiencia… extraña.

–Tengo una media hermana, ¿recuerdas? Sé lo que es formar parte de una familia –dijo Eloisa, dolida–. No soy un bicho raro.

Jonah se volvió a mirarla. Tenía el escritorio tan limpio y ordenado que un cirujano habría podido operar en él. Los gérmenes no se atreverían a acercarse.

Pero él no tenía por costumbre echarse atrás.

–Tu madre ya se había vuelto a casar cuando cumpliste los siete años.

–Y Audrey era un bebé –Eloisa enlazó las manos ante sí en un gesto defensivo.

Jonah permaneció un momento en silencio, asimilando la información.

–¿Tu madre fue a ver a su viejo amor después de haberse casado con otro tipo? No creo que a tu padrastro le hiciera mucha gracia.

–Nunca se enteró, ni sabe nada de los Medina –Eloisa permaneció erguida, con la cabeza alta, y Jonah reconoció en su actitud la de una auténtica reina. Eloisa reinaba. Daba igual si estaba sentada en un palacio o en una diminuta y abarrotada oficina. Aquella mujer lo hipnotizaba.

Y a la vez apelaba a sus instintos más básicos de protección. ¿Qué clase de vida habría llevado para alzar unas defensas tan firmes a su alrededor?

–¿Tu padrastro no sabía nada del asunto? –dijo a la vez que se acercaba a ella con cuidado–. ¿Y qué explicaciones le dio tu madre sobre tu padre?

Eloisa encogió un hombro.

–Lo mismo que a todo el mundo. Que mi padre era un estudiante sin familia y que murió en un accidente de coche. Además, Harry no hablaba a nadie sobre mi padre. En realidad, el tema nunca llegó a surgir.

Jonah alzó una mano y deslizó un dedo por el ceño fruncido de Eloisa.

–No hablemos de tu padrastro. Cuéntame cómo fue esa visita que hiciste a tu padre a los siete años.

El rostro de Eloisa se distendió en una leve sonrisa.

–Fue maravilloso… o al menos eso me pareció. Caminamos por la playa y recogimos caracolas. Él… –hizo una pausa y carraspeó–… mi padre me contó un cuento de una ardilla, me cantó canciones en español y me llevó sobre sus hombros cuando me cansé de caminar.

–Ésos son buenos recuerdos.

Eloisa asintió.

–Sé que es una tontería, pero aún conservo una de esas caracolas. Solía ponérmelas en la oreja e imaginaba que escuchaba su voz mezclada con el sonido del mar.

–¿Y dónde está ahora la caracola?

–En una estantería, en casa.

Una casa totalmente decorada con motivos marítimos. No podía ser una coincidencia. Jonah apoyó una mano en el hombro de Eloisa.

–¿Por qué no vuelves a visitarlo? Tienes derecho a ello.

–No sé dónde está.

71

–Pero supongo que tendrás alguna forma de ponerte en contacto con él, ¿no? –al notar que los hombros de Eloisa cedían bajo sus manos, Jonah sintió la tentación de atraerla más hacia sí–. ¿Y tu abogado?

Eloisa apartó la mirada.

–Hablemos de otra cosa.

–De manera que el abogado es tu conexión aunque tu padre no quiera ponerse en contacto contigo.

–Déjalo ya, por favor.

Eloisa miró a Jonah con dureza. Su oscura mirada era tan defensiva y contenía tanto dolor que Jonah comprendió en aquel momento que sería capaz de hacer cualquier cosa para evitarle aquel dolor.

–Eloisa…

–Mi padre biológico ha pedido verme –interrumpió Eloisa en tono enfático–. Más de una vez. Soy yo la que no quiere verlo. Es demasiado complicado. Mi padre destrozó el corazón de mi madre –deslizó instintivamente las manos hacia arriba y las dejó apoyadas sobre el pecho de Jonah–. No es algo que pueda olvidar cada cinco años cuando su conciencia lo insta a verme.

–Yo echo de menos a mi padre –dijo Jonah con suavidad.

Su padre murió en un accidente cuando él entraba en la adolescencia.

–Ya te he dicho que no quiero ver al mío.

Jonah tomó le rostro de Eloisa en sus manos.

–Estoy hablando de cuánto echas de menos a tu madre. Es duro perder a un padre, no importa la edad que tengas.

La mirada de Eloisa se suavizó.

–¿Cuándo murió tu padre?

–Cuando yo acababa de cumplir los trece años. Murió en un accidente de coche. Solía sentirme celoso de mis hermanos porque pasaban más tiempo con él –Jonah permaneció un momento en silencio–: También estuvimos a punto de perder a nuestra madre hace unos años. Un loco provocó un tiroteo en una de las galas que organizaba.

–Lo recuerdo –dijo Eloisa, que acarició instintivamente el pecho de Jonah con sus manos–. Debió ser terrible para vosotros. Recuerdo que también estaba allí parte de la familia de tu madre… ¿Viste lo que sucedió?

–No estoy pidiendo compasión –Jonah sujetó las muñecas de Eloisa. Sabía que sólo trataba de consolarlo, pero sus caricias estaban empezando a volverse peligrosas–. Sólo trataba de hacerte ver que comprendo cómo te sientes. Pero una vez que uno está bajo los focos, no hay manera de escapar.

–Te comprendo perfectamente. Por eso trato de ser lo más discreta posible.

–No hay discreción que valga. Sólo estás retrasando lo inevitable.

Eloisa retiró de un tirón sus manos de las de Jonah.

–No eres tú quien tiene que decidir eso.

Jonah hizo un esfuerzo por contener su frustración. La testarudez de Eloisa no le permitía ver más punto de vista que el suyo.

–¿Estás segura de conocer los motivos de tu padre para mantenerse oculto?

Eloisa se puso rígida y lo miró con expresión iracunda.

–¿Qué tratas de lograr con todo esto?

Jonah esperaba aprender más cosas sobre Eloisa para seducirla, pero había acabado espantándola. Pero ya no podía echarse atrás.

–No tienes por qué seguirles el juego, Eloisa. Decide lo que quieres hacer en lugar de seguirles la corriente.

Eloisa apretó los puños.

–¿Por qué complicar las cosas? Y además, ¿qué tiene esto que ver contigo?

Jonah hizo un esfuerzo por controlar su enfado.

–Soy el tipo que sigue casado contigo a causa de esas «complicaciones». ¿Tanto te cuesta comprender que quiera arreglar las cosas?

–Puede que no haya nada que arreglar. Y aunque lo hubiera, ¿sabes lo que realmente quiero?

–En eso tienes razón –Jonah abrió expresivamente los brazos–. No tengo ni idea de lo que quieres de mí.

–Pues disponte a averiguarlo.

Sin previo aviso, Eloisa tomó el rostro de Jonah entre sus manos y lo besó en los labios.

El parpadeó, desconcertado… tres segundos antes de estrecharla entre sus brazos para devolverle el beso.

Cuando Eloisa lo rodeó con los brazos por el cuello, decidió que había llegado el momento de llevar las cosas hasta donde se lo permitiera.

Capítulo Siete

Eloisa no sabía si había tomado la peor o la mejor decisión de su vida. En cualquier caso, sabía que había hecho lo inevitable al besar a Jonah. Se habían encaminado hacia aquello desde el momento en que Jonah salió de la limusina la noche anterior.

Presionó su cuerpo contra el de él a la vez que entreabría los labios para darle la bienvenida. Había olvidado lo bien que encajaban, lo cómoda que se sentía entre sus brazos.

Deslizó los dedos por su cabeza, por las ondas de su maravilloso pelo.

Se había lanzado a por él a causa de la frustración, pero, ahora que Jonah la estaba tocando, presionando su cuerpo contra el de ella, todo su enfado se esfumó.

A pesar de todo, una parte de ella temía que Jonah hubiera despertado algo en su interior al preocuparse lo suficiente como para formular las duras preguntas que otros evitaban. Se enfrentaba a las cosas que ella quería mantener ocultas.

En cualquier caso, no quería discutir. Quería la misma conexión que recordaba del año anterior, y no quería luchar contra ella ni un segundo más.

–Sabes a manzanas.

–Es la vaselina…

–Ah… –Jonah sonrió contra sus labios–. Hoy llevas vaselina –deslizó la punta de la lengua por los labios de Eloisa y la introdujo lentamente en su boca.

Mientras el beso se volvía más y más intenso, Jonah la aprisionó contra el borde del escritorio, algo que Eloisa agradeció, porque no sabía cuánto tiempo más iban a sostenerle las piernas. Un instante después sintió que Jonah la besaba en el cuello, en su lugar más sensible. El hecho de que lo hubiera recordado resultó incluso más excitante que sus caricias.

Reprimió un gemido y apoyó la cabeza en su hombro.

–Tenemos que echar el freno. Estoy trabajando.

Jonah apoyó un dedo contra sus labios.

–Shhh. Estamos en la biblioteca. ¿Nunca lo has hecho en la biblioteca?

–Nunca.

–¿Y nunca has pillado a nadie haciéndolo? –preguntó Jonah mientras deslizaba las manos por los costados de Eloisa, cada vez más arriba, hasta detenerlas justo debajo de sus pechos.

–En un par de ocasiones –Eloisa los echó, como adulta responsable que era, pero en aquellos momentos no se sentía especialmente responsable.

Jonah situó su pierna entre las de ella, y el firme roce de su muslo envió destellos de placer irradiando por el cuerpo de Eloisa. Y estaba claro que ella no era la única que estaba sintiendo los efectos de su abrazo. La rigidez de su erección era evidente contra su estómago. La deseaba. Allí. En aquel momento.

Ella también lo deseaba… ¡y al diablo con los problemas emocionales que pudieran surgir luego! ¿Acaso no había pensado aquella misma mañana en lo tentador que sería volver a acostarse con él, sin matrimonio, sin ataduras? Aparte de por un mero papel, no estaban realmente casados. Sus vidas no tenían por qué enredarse más allá de aquellas dos semanas.

–Sigamos con esto en mi casa –dijo, lanzada–. O en tu hotel.

–No me gustaría meterte en líos en tu trabajo –dijo Jonah, y volvió a acallarla con sus besos a la vez que intensificaba los movimientos del muslo entre sus piernas.

Eloisa sintió un intenso y creciente placer. Anhelaba la liberación, pero se contuvo, nerviosa y excitada a la vez ante la idea de perder el control.

Hacía tanto, tanto tiempo… todo un año sin sentir la clase de frenesí que tan sólo Jonah había sido capaz de despertar en ella. ¿Y si era el único hombre capaz de despertar su pasión de aquella manera? ¿Cómo sería pasar por la vida sin volver a sentir nunca aquel nivel de placer, deseo y pura sensualidad?

La calidez de su lengua, el recuerdo de su sabor, alentaron más y más su necesidad. Trató de arrimarse aún más a él. La tensión fue creciendo entre sus piernas. Jonah la presionó con más insistencia con su fuerte muslo, moviéndolo rítmicamente hasta que Eloisa comenzó a jadear…

No podía contenerse…

Jonah reprimió su gemido besándola profundamente. Eloisa arqueó la espalda mientras alcanzaba la liberación. Cada músculo de su interior se contrajo como para contener la sensación el máximo tiempo posible.

Poco a poco, su cuerpo fue liberando la tensión. Se estremeció y Jonah la estrechó contra su pecho.

Afortunadamente no dijo nada. Eloisa se habría sentido terriblemente avergonzada, pero apenas podía pensar, y mucho menos hablar.

Jonah la besó en la frente.

–Disfruta del resto de tu descanso y de tu sándwich. Pasaré a recogerte para cenar.

A continuación salió del despacho y cerró la puerta a sus espaldas. Eloisa se dejó caer en una silla y pasó una temblorosa mano por su pelo, por sus labios.

No lamentaba su decisión, pero debía admitir que se había equivocado. Las cosas con Jonah nunca podrían ser fáciles. Acababa de tener el mejor orgasmo de su vida.

¡Y sólo la había besado!

Sólo la había besado.

Cinco horas después, Jonah aparcó el Range Rover que había alquilado y permaneció sentado ante el volante.

Había pasado por su hotel para ocuparse de algunas llamadas y asuntos relacionados con su trabajo. Pero sobre todo había pasado el rato buscando formas para que sus ocupaciones le permitieran estar el máximo tiempo posible con Eloisa. Sus hermanos se reirían de él si lo vieran en aquellas circunstancias, pero se negaba a perder la oportunidad de arreglar las cosas con Eloisa.

Con su aroma aún rodeándolo, sabía que no iba a renunciar. Tenía que poseerla.

Su encuentro en la biblioteca había ido tal y como había planeado… y sin embargo no había resultado como había imaginado. Nunca habría pensado que se sentiría tan afectado al ver cómo se había derretido Eloisa entre sus brazos. Aquello estaba yendo demasiado deprisa y, si no tenía cuidado, Eloisa volvería a desaparecer.

Afortunadamente había reservado mesa en un restaurante. No estaba seguro de poder soportar otra noche a solas con ella en su casa.

Estaba a punto de salir del coche cuando sonó su móvil. Miró el número y comprobó que era su madre. Aún le asombraba que hubiera diplomáticos y políticos por todo el mundo que temían el férreo carácter de su madre. Ginger Landis era una mujer fuerte, sin duda, pero también tenía un gran corazón.

Pulso el botón para responder.

–Hola, mamá. ¿Qué tal?

–Sólo llamaba para saber cómo te iba –en el fondo se escuchó el sonido de un teclado. Sin duda, Ginger estaba trabajando mientras hablaba. La madre de Jonah había elevado el concepto de la multitarea a niveles insospechados: embajadora, esposa y madre de cuatro hijos y tres hijastros. Toda una supermujer–. Estoy en Washington, asistiendo a unas reuniones de trabajo. Estaré de vuelta en Sudamérica antes de que llegues a Perú con tu nuevo proyecto. Estoy deseando vivir cerca de mi hijo pequeño, aunque sólo sea una pequeña temporada.

–Yo también –los Landis pasaban mucho tiempo viajando a causa de sus trabajos, de manera que las visitas familiares estaban especialmente valoradas entre ellos–. ¿Tienes alguna información sobre el rey depuesto de San Rinaldo?

Ginger dudó un momento antes de contestar.

–¿Por qué lo preguntas?

—Corren rumores de que está en Argentina —dijo Jonah. Casualmente, su madre era embajadora en un pequeño país vecino.

—Eso se rumorea.

Jonah sabía que su madre nunca rompería las normas de seguridad, pero si pudiera darle alguna pista...

—¿Oficial, o extraoficialmente?

—No lo sé. Sólo puedo decirte que hay un complejo en Argentina construido como una fortaleza. Hay mucha actividad en el interior de la que apenas se sabe nada en el exterior. O vive ahí, o se le da muy bien dejar pistas falsas.

—Medina tiene dinero suficiente para lograr algo así.

Ginger rió.

—Eso sí puedo confirmártelo. El viejo rey consiguió una fortuna más allá de su herencia, fortuna que sigue multiplicándose. Sabemos que tiene tres hijos, Carlos, Duarte y Antonio.

—Gracias, mamá. Te agradecería que averiguaras lo que puedas respecto a los Medina... con discreción, claro.

—Haré lo que pueda —tras un instante, Ginger añadió con curiosidad—: ¿Te importaría decirme por qué?

Jonah no podía compartir los secretos de Eloisa. Pero no tardaría en llegar el momento en que su familia tendría que enterarse de que se había casado con ella. El hecho de que lo hubiera ocultado durante todo un año no iba a hacerles ninguna gracia.

—¿Tengo que contestar para obtener tu ayuda?

—Claro que no. No te preocupes. Te informaré de lo que averigüe. De lo contrario, nos vemos en un par de semanas.

–Estoy deseándolo. Te quiero, mamá.

–Y yo a ti, Jonah –dijo Ginger con suavidad antes de colgar.

Tal vez hablar con su madre había acentuado su conciencia, o tal vez acababa de despertar. En cualquier caso, tenía que rodear a Eloisa de romance además de sensualidad. No podía estar seguro de cómo iban a salir las cosas, pero no pensaba irse hasta asegurarse de que todo quedara aclarado y resuelto.

Llamó a la puerta y esperó… y esperó. No hubo respuesta. Eloisa le había dicho que llegaría alrededor de aquella hora, pero no estaba respondiendo a su móvil. También le había dado una llave y Jonah decidió usarla.

Abrió la puerta y pasó al interior.

–¿Eloisa? ¿Estás en casa?

Tras buscar sin éxito por la casa, fue al patio. Al abrir la puerta vio que había una tumbona ocupada… pero no por Eloisa.

Se pasó una mano por la barbilla para ocultar su sorpresa y pensar qué hacer con aquel intruso que parecía encontrarse como en su casa.

Los celos hicieron su aparición mientras examinaba a su oponente, un hombre grande y moreno que debía medir un metro ochenta y cinco.

Al principio le pareció que el hombre tenía los ojos cerrados, pero cuando Jonah lo observó más atentamente notó que sólo los tenía entrecerrados.

–¿Qué hace en el patio de Eloisa? –preguntó con firmeza.

El hombre abrió los ojos y sonrió con altivez.

–He venido a visitar a mi hermana.

Capítulo Ocho

Los celos de Jonah se esfumaron al instante.

Observó al tipo que decía ser hermano de Eloisa. ¿Cómo podía fiarse de él? Tal vez se había equivocado de casa y estaba hablando de otra hermana.

—¿A quién ha dicho que viene a ver?

El hombre alisó la parte delantera de su chaqueta con una mano.

—¿Dónde está mi hermana Eloisa? El abogado de la familia nos ha informado de que tiene problemas. He venido de inmediato.

Jonah debía asegurarse de que podía fiarse de aquel hombre. Por su pelo negro y sus ojos marrones podía serlo, aunque él era más moreno.

—¿Cómo se llama?

El hombre se levantó de la tumbona, se acercó a Jonah y le ofreció su mano.

—Soy Duarte. Hola, Jonah Landis.

Jonah se quedó desconcertado. ¿Cómo era posible que aquel hombre lo conociera?

—¿Cómo ha entrado aquí?

—He saltado la valla.

—¿Y tiene por costumbre entrar así en las casas?

Duarte, o quien fuera, arqueó una ceja.

—Habría entrado por la puerta, pero Eloisa no está.

82

–Eloisa no tiene hermanos. Sólo una hermana llamada Audrey.

Duarte sonrió.

–Eloisa aclarará las cosas. Y, como habrás notado, te conozco y sé cuál es tu conexión con mi hermana –frunció el ceño ligeramente–. Supongo que eso nos convierte en hermanos y deberíamos tutearnos.

Jonah se quedó conmocionado. ¿Cómo había averiguado la verdad aquel tipo? ¿Y sería realmente quien decía ser?

–¿Por qué no deja una tarjeta de visita?

–Bien, bien. Me gusta que Eloisa cuente contigo para protegerla.

Aquello desconcertó de nuevo a Jonah. Lo último que esperaba era aceptación. Pero él no se dejaba engañar fácilmente.

–¿A qué has dicho que has venido?

–He venido a ver a Eloisa de parte de mi padre. Y tú haces bien en no confiar en mí. Es lo mejor para ella.

–¿Dónde vive tu padre?

–Ah, eres astuto. Tus preguntas y respuestas son tan nebulosas como las mías –señaló las puertas correderas–. Pasemos al interior. Así habrá menos posibilidades de que alguien nos escuche.

–No creo. Hasta que Eloisa no me confirme que eres bienvenido en esta casa podemos quedarnos aquí.

Duarte miró a su alrededor y asintió.

–De acuerdo. Podemos esperar aquí a que vuelva.

Jonah se apoyó contra el marco de la puerta con aparente despreocupación.

–Mientras esperamos puedes contarme a qué has venido.

El desconocido echó atrás la cabeza y rió.

–Yo viajo a todas partes, pero nuestro padre no puede hacerlo debido a sus problemas de salud y quiere ver a sus hijos. No tienes que confirmar nada de lo que diga. No espero que lo hagas.

–Creo que ha llegado la hora de llamar a la policía para que te arresten por allanamiento de morada.

–Podría darte toda clase de identificaciones, pero ya sabes que se pueden conseguir por dinero. En lugar de ello te hablaré de la última visita que hizo Eloisa a su padre biológico cuanto tenía siete años; entonces yo tenía diecisiete. Fuimos de picnic y luego paseamos por la playa. Recogimos caracolas. Luego mi padre llevó a Eloisa en hombros mientras le contaba la historia de una princesa ardilla que podía viajar a donde quisiera. Luego le cantó unas canciones en español. ¿Responde eso a tu pregunta?

–Has llamado lo suficiente mi atención como para retrasar la llamada a la policía –era posible que apenas supiera nada sobre Eloisa, pero Jonah estaba seguro de que no le haría precisamente gracia que las noticias sobre su familia se extendieran a partir de un informe policial que cayera en manos de la prensa.

–Gracias –dijo Duarte–. No he venido sólo porque Eloisa haya llamado al abogado. También he venido porque nuestro padre está enfermo. Muy enfermo. Si Eloisa no lo visita ahora podría no volver a verlo.

¿Cómo se tomaría Eloisa aquella noticia? Jonah la había alentado a ponerse en contacto con su padre, aunque sólo fuera para dejar zanjado el pasado, y ahora el reloj había empezado a correr. Si aquel hombre podía ayudarlo a persuadirla para que fuera, mejor que mejor.

Y con él a su lado, nadie tendría oportunidad de volver a hacer daño a Eloisa.

–Aunque pudiera parecerme que es lo más conveniente para ella, ¿por qué iba a visitar Eloisa a una familia que no ve desde los siete años? –Jonah esperó a que Duarte respondiera, pero éste permaneció en silencio–. ¿Qué? No pareces estar en desacuerdo.

–¿Por qué discutir contigo si tienes razón? Pero creo que, a la larga, a Eloisa le pesaría no hacer ahora lo correcto.

Jonah miró su reloj. ¿Dónde diablos estaba?

–¿Tu familia está exenta de la reglas pero ella no? ¿Se supone que ella sí debe hacer lo correcto cuando vosotros no lo habéis hecho?

–Es parte de nuestra familia.

–Eso dices tú. Yo aún no sé muy bien de qué estás hablando.

–Fue elección suya vivir como vive en lugar de reclamar sus derechos de nacimiento –Duarte ladeó la cabeza–. ¿No lo sabías? Su madre y ella decidieron hace tiempo no aceptar nada de mi padre. Él les ha aportado su ayuda como ha podido. Premios sorpresa, bonos en el trabajo, incluso una beca para viajar a Europa.

Jonah estaba seguro de que Eloisa echaría pestes si averiguara que aquel viaje había estado preparado.

–A la mayoría de las mujeres que conozco no les gustaría ser manipuladas de ese modo.

–En ese caso, no se lo cuentes.

–¿Y por qué me lo estás contando tú? –preguntó

Jonah. Aquello lo ponía en una situación incómoda, obligándolo a guardar secretos. Odiaba las mentiras. Siempre las había odiado. Su padre le había metido aquello en la cabeza desde niño. Siempre solía decir que la medida de un hombre la daba su comportamiento cuando estaba a solas.

–Espero que puedas convencerla de que vaya a ver a su padre. Es una mujer muy testaruda.

–Un momento. Has dicho que prácticamente no os habéis visto, y sin embargo pareces conocerla bien. ¿Cómo es posible?

Duarte se encogió de hombros.

–No he dicho que no nos hayamos mantenido informados sobre ella.

Jonah estaba seguro de que a Eloisa no le haría ninguna gracia enterarse de aquello. Aunque aquel tipo parecía tenerlo todo muy claro, aún existía la posibilidad de que se trajera algo feo entre manos.

–Es hora de que tú y yo nos vayamos.

–¿Tú y yo?

–No pienso perderte de vista hasta asegurarme por completo de que eres quien dices ser. Yo también tengo contactos.

–Me parece justo. Pero deja que antes te haga una pregunta –Duarte entrecerró los ojos, como disponiéndose a saltar sobre su presa–. ¿Quién has creído que era cuando has entrado?

El sonido de la llave en la cerradura impidió que Jonah contestará. Cuando se volvió vio a Eloisa en el umbral de la puerta que daba al patio, con una bolsa de la compra en cada mano y una expresión de total perplejidad.

–¿Duarte?

***

La conmoción la dejó paralizada.

Parpadeó un par de veces, incapaz de creer lo que estaba viendo. No podía ser uno de sus hermanos...

Pero había visto algunas fotos a lo largo de los años y nunca olvidaría el rostro de sus hermanos. El verano que fue a verlos Duarte le contó que soñaba con cambiarse de nombre y salir al mundo para labrarse un porvenir por su cuenta.

A pesar de que entonces sólo tenía siete años, Eloisa comprendió su afán de «salir de una vez por todas de aquella isla».

Y, por su aspecto, no parecía haberle ido mal. Se alegraba por él si había conseguido hacer realidad su sueño de vivir su propia vida.

Aunque también había conseguido mandar al garete sus planes para la tarde...

Jonah y Duarte se acercaron a ella a la vez para tomar de sus manos las bolsas de la compra... compra en la que se había esmerado para preparar una buena cena.

Estaba tan nerviosa que las manos le temblaban. Era una tontería estar tan nerviosa ante la perspectiva de preparar la cena para un hombre.

Para su marido.

Sintió que sonreía antes de darse cuenta de que lo estaba haciendo. Ver a Jonah le hacía feliz. ¡Guau! ¡Qué pensamiento tan increíble... y aterrador!

Pero antes de nada necesitaba averiguar qué hacía allí su hermano. Resultaba extraña la idea de abrazar a un hombre prácticamente desconocido con el que sólo había hablado una vez, aunque compartieran el mismo ADN.

Reprimió una punzada de inquietud.

–Vamos dentro antes de que se estropeen tus compras con el calor.

Eloisa dedicó una sonrisa agradecida a Jonah y luego tocó el brazo de su hermano.

–Bienvenido, Duarte. Espero que te quedes a cenar… a no ser que tengas otros planes.

–Tu hermano ha dicho que necesita hablar contigo –dijo Jonah mientras iban a la cocina.

–Por supuesto. Seguro que tenemos que ponernos al día sobre muchas cosas –dijo Eloisa mientras empezaba a guardar automáticamente las cosas en los armarios. Cuando se volvió para meter unas gambas en la nevera, estuvo a punto de darse de bruces con su hermano.

–Oh, lo siento. No hay mucho sitio.

–¿Cómo me has reconocido? –preguntó Duarte sin preámbulos.

Eloisa miró sus oscuros ojos, prácticamente idénticos a los de ella.

–Eres igual que tu padre.

Duarte parpadeó, desconcertado.

–La última vez que lo viste tenías sólo siete años.

–Enrique también era más joven entonces, y mi madre conservaba una foto de cuando se conocieron. A veces me dejaba guardarla en el cajón de los calcetines, mezclada con otras cosas para que nadie la viera –Eloisa guardó las gambas en la nevera y luego se volvió de nuevo hacia su hermano–. ¿Por qué has venido? –preguntó, y se quedó paralizada al pensar en una terrible posibilidad–. ¿Enrique ha muerto?

–Está vivo –dijo Duarte rápidamente, aunque con expresión seria–. He venido porque te has puesto en contacto con el abogado, aunque me habría puesto en contacto contigo de todos modos. Nuestro padre está muy enfermo. Quiere ver a sus hijos.

–¿Y cuántos hijos tiene? –¿de dónde había surgido aquella cruel respuesta?, se preguntó Eloisa. Sin duda, de las muchas noches de miedos y lágrimas de su infancia.

Jonah apoyó una consoladora mano en su espalda mientras cerraba la puerta de la nevera con un pie.

Duarte metió las manos en sus bolsillos.

–Tú, nuestros dos hermanos y yo.

–Disculpa si no me siento demasiado segura de eso –Eloisa respiró profundamente–. Siento que Enrique esté enfermo, pero no creo que tengamos nada que decirnos. No después de tantos años.

Esperaba que Duarte discutiera, que tratara de persuadirla, pero se limitó a encogerse de hombros.

–De acuerdo. En ese caso le haré saber que te he transmitido el mensaje y que has declinado la oferta. Si no tienes más preguntas que hacerme, ya he completado mi misión.

¿Eso era todo? ¿Ya iba a irse?

Duarte dejó una tarjeta en la mesa de la cocina y la aseguró con un pisapapeles.

–Puedes ponerte en contacto conmigo cuando decidas ir a verlo.

¿Cuándo?

¿En una o dos décadas más?

Duarte se había presentado de pronto en su casa, la había desconcertado por completo y ahora se iba. Obviamente no había ido a verla, sino a informarla. Eloísa se recriminó por ser tan tonta; estaba claro que en el fondo de su corazón aún conservaba esperanzas, como esas fotos de su familia biológica ocultas entre sus calcetines.

Quería llorar, pero sus ojos estaban secos después de tantos años.

Jonah pasó a su lado.

—Te acompaño a la puerta.

—No es necesario —Duarte se volvió a mirar a Eloísa mientras se encaminaba hacia el vestíbulo—. Le diré a nuestro padre que irás a verlo pronto.

Eloísa reprimió el deseo de gritar su frustración. ¿Por qué se consideraban los Medina con derecho a entrometerse en su vida y desbaratarla una vez cada diez años?

—Estás asumiendo demasiado.

Duarte se detuvo y se volvió hacia ella.

—Ha habido muchas ocasiones en que mi vida ha dependido de mi habilidad para comprender a la gente —dijo, y a continuación salió de la casa tan sigilosamente como había entrado.

Jonah apoyó de nuevo la mano en la espalda de Eloísa.

—¿Estás bien?

—Sí. Totalmente. ¿Por qué no iba a estarlo? Sólo han sido cinco minutos de mi vida. Ahora mi hermano se ha ido y todo ha vuelto a la normalidad —Eloísa se apartó de Jonah y abrió la nevera—. Voy a preparar la cena.

Jonah apoyó las manos en sus hombros y presionó

éstos con una compasión y un cariño que desmoronaron las defensas de Eloisa. Estaba harta de repetirse que le daba igual que su padre no hubiera luchado nunca por ella, y que sus hermanos no se hubieran molestado en ponerse en contacto con ella ni siquiera cuando se independizaron. Los años que había pasado siendo el apoyo de todo el mundo y la princesa de nadie cayeron sobre ella hasta que el dolor se hizo tan intenso que no pudo encontrar ningún rincón de su alma en el que ocultarse y escapar.

No tenía ningún lugar en el que refugiarse… excepto los brazos de Jonah.

Capítulo Nueve

Eloisa bloqueó el dolor que le había producido la inesperada visita de su hermano y se centró en Jonah. Sólo en Jonah, con ella y, a ser posible, ambos desnudos muy pronto.

Lo rodeó con los brazos por el cuello y se pegó a él. Jonah se tambaleó ligeramente.

—Guau —tomó a Eloisa por las caderas para conservar el equilibrio—. Vamos a tomárnoslo con calma y a pensar cinco minutos. Sé que estás disgustada…

—Claro que lo estoy. Estoy enfadada, dolida y confusa, y quiero que se me pase. Y tú puedes arreglarlo, así que pongámonos en marcha.

Presionó sus labios contra los de Jonah y los abrió, exigente. La atracción que había entre ellos resurgió al instante. Eloisa dio la bienvenida a la agradable sensación que empezó a recorrer su cuerpo y a alejar todas las demás.

Placer total.

—Me encantaría complacerte hasta el punto de que fueras incapaz de pensar o hablar, pero necesito saber que esta vez no vas a salir corriendo de aquí antes de que me de tiempo a ponerme los calzoncillos.

Eloisa mordisqueó sensualmente la oreja de Jonah.

–Estamos en mi casa. Sería mucho más difícil que me fuera de aquí.

–Pero no imposible –insistió él mientras deslizaba una mano hasta el trasero de Eloisa y la presionaba contra sí para hacerle sentir la evidencia de su excitación–. Estamos aquí para resolver cosas, no para complicarlas más entre…

–Mira a tu alrededor, Jonah –interrumpió ella–. Piensa. ¿Qué he traído cuando he llegado? La cena. Vino. Planeaba una cena romántica porque después de lo que hemos hecho… –Eloisa hizo una pausa mientras apoyaba una mano en la entrepierna de Jonah–… después de lo que me has hecho sentir, no he parado de pensar en terminarlo. He planeado lo que quiero hacerte, como lograr volverte tan loco como tú me vuelves a mí.

–Ya me vuelves loco caminando por mi mente, así que imagínate cómo me afectas en persona.

–En ese caso, ha llegado la hora de hacer algo al respecto.

Eloisa tiró del polo negro que vestía Jonah y se lo sacó por encima de la cabeza. ¿Era la noche anterior cuando se había presentado en la fiesta de su hermana? Parecía que hubiera pasado toda una vida, como si el año anterior no hubiera existido.

Pero había existido, y no quería pensar en ello. Sólo quería centrarse en Jonah… aunque éste tenía razón. Necesitaban un tiempo juntos para resolver sus sentimientos, o se pasarían la vida preguntándose, anhelando… al menos ella.

Con un ronco gruñido, Jonah deslizó las manos bajo el vestido de Eloisa y se lo quitó por encima, dejándola tan sólo con un sujetador de encaje azul y unas braguitas a juego.

–¿Tienes idea de lo atractiva que estás en estos momentos? –preguntó mientras deslizaba una mano tras su cabeza para soltarle la coleta–. He perdido muchas horas de sueño este último año pensando en ti así.

–Espero que no vayas a perder ni un minuto más…

Jonah no necesitó que lo alentaran más. Volvió a besar a Eloisa, llevándola hacia atrás mientras él avanzaba, hasta que las escaleras interrumpieron su marcha.

Pero no por mucho tiempo.

Jonah se echó a Eloisa al hombro y comenzó a subir las escaleras. Eloisa gritó, pero no protestó porque vio que Jonah se dirigía rápidamente al dormitorio. Una vez en éste la dejó sobre la cama y se tumbó a su lado.

Deslizó un dedo por su clavícula.

–Cuando te vi dormir la primera noche fantaseé sobre las joyas que mejor te sentarían aquí –deslizó los labios por donde había deslizado antes el dedo–. Y aquí –añadió mientras mordisqueaba sus orejas.

–No recordaba haber dormido más de un minuto aquella noche –susurró Eloisa.

–No necesité más de un minuto para imaginarte en mi mundo.

Eloisa se quedó sin aliento mientras asimilaba las palabras de Jonah. Cuando lo miró a los ojos vio en ellos una expresión momentáneamente sombría, pero enseguida sonrió y perdió la oportunidad de descifrar lo que había visto.

–Además, tengo una imaginación muy activa –añadió Jonah en tono desenfadado. Se inclinó hacia el ombligo de Eloisa y mordisqueó con delicadeza el sencillo anillo de plata que llevaba él–. Lo que mejor iría aquí sería un diamante.

Tras besarla en la cadera, se irguió un momento para terminar de desvestirse. Luego hizo lo mismo con Eloisa, que anhelaba acariciar su espalda, sus firmes glúteos, su pecho…

¿Cómo podía desearlo tanto si sólo hacía unas horas que Jonah se había ocupado de sus necesidades en el despacho de la biblioteca? Aquello debería haberla sosegado un poco, pero sólo parecía haber estimulado aún más su deseo.

Deslizó el arco de su pie desnudo por la pierna de Jonah, abriéndose para él, deseándolo, dando la bienvenida a cada centímetro cuadrado de su piel.

–Shhh… –susurró Jonah junto a su oreja–. Paciencia. Ya llegaremos ahí…

Incapaz de esperar, Eloisa deslizó una mano entre ellos y tomó a Jonah en ella, lo acarició, persuasiva, hasta que las manos le temblaron. Jonah alargó una mano hacia el suelo, hacia sus pantalones, y cuando la alzó de nuevo tenía un preservativo en ella. Lo abrió y se lo puso antes de que Eloisa tuviera tiempo de hacer algo más que sentirse agradecida por el hecho de que al menos uno de los dos conservara la suficiente cordura como para ocuparse de aquello.

Finalmente, Jonah la penetró. Apoyado sobre sus codos, la contempló con sus intensos ojos azules. Su mandíbula, tensa a causa de la contención, reveló a Eloisa que la deseaba tanto como ella a él. La primera vez que se acostaron juntos estaba un poco bebida, pero en esta ocasión estaba totalmente sobria, consciente de cada momento, de cada sensación. Y era aún mejor.

Jonah se movió sobre ella. Era tan grande, tan delicado, y estaba tan centrado en ella... ¡qué sensación tan embriagadora después de haber pasado tanto tiempo en las sombras! Quería seguir allí, disfrutando de los destellos de placer que estaban recorriendo su cuerpo, pero sabía que aquello no podía durar. Tal vez la próxima vez... Tenía que haber una próxima vez...

–Eloisa... –murmuró Jonah, y repitió su nombre una y otra vez, revelándole cuánto había pensado en ella.

Eloisa trató de contestar, pero no pudo. Lo único que surgió de entre sus labios fue un delicioso gemido de creciente necesidad a la vez que arqueaba la espalda hacia arriba, aceptándolo aún más profundamente en su interior. Sus uñas dejaron un afilado rastro por la espalda de Jonah mientras la intensidad de sus sensaciones crecía en su interior, buscando una liberación. Aquello no podía durar mucho más...

Eloisa no trató de reprimir el grito de placer que surgió de su garganta. Jonah empujó con más fuerza. Ella se aferró a su espalda. Con un último y prolongado empujón, Jonah se enterró profundamente en ella y permaneció allí, con el rostro en su pelo, jadeando, hasta que se tumbó de espaldas y la retuvo contra su costado.

Deslizó una mano por su estómago y trazó un círculo en torno a su ombligo.

–Definitivamente, vamos a tener que ir pronto a por un anillo de diamantes…

Por un momento, Eloísa se quedó desconcertada… hasta que comprendió que no se había referido a un anillo de compromiso, sino a un anillo para su ombligo. Técnicamente, ya estaban casados… ¿peró durante cuánto tiempo?

Jonah siguió acariciando su estómago. Eloísa sintió una punzada de inquietud al pensar en el bebé que, desgraciadamente, había llevado allí tan poco tiempo. Debía decírselo a Jonah, y lo haría, pero no en aquel momento. Jonah había dejado claro que estaba enfadado con ella por haberlo dejado como lo hizo, y no pudo evitar preguntarse si habría vuelto a buscarla para vengarse.

¿Era posible que fuera tan calculador? En realidad no lo conocía lo suficiente como para estar segura de nada. Lo mejor sería esperar un par de días a que las cosas se asentaran. Entonces le hablaría del bebé que había perdido.

Mientras los latidos de su corazón se iban calmando, se preguntó cuánto tiempo podría disfrutar egoístamente de Jonah antes de que la verdad pusiera su frágil relación a prueba.

Jonah tomó un mechón del largo y suave pelo de Eloísa entre sus dedos. Su plan era poseerla y marcharse. Esperaba poner fin a su inconclusa relación acostándose con ella una vez más… pero ya no era capaz de pensar en dejar que se fuera.

Si no hubieran estado casados le habría pedido

que viajara con él. ¿Por qué no pedírselo de todos modos? Sin duda, no iban a poder resolver nada estando en distintos continentes.

Sólo estando con ella podría protegerla de los problemas que pudieran surgir a causa de sus orígenes.

Él era el hombre que podía mantenerla a salvo.

Tenía que persuadirla para que lo acompañara a Perú tras la boda de su hermana. ¿Y no supondría un placer despertar junto a ella a diario? Pero no esperaba que aceptara de inmediato, desde luego. Era una mujer testaruda y manifestaba una frustrante lealtad hacia su hermana y su padrastro.

Tenía que demostrarle que sus vidas podían fundirse, que merecía más de la gente. Se preocupaba por ella de un modo que nunca lo había hecho su egoísta familia.

Dejó el mechón de pelo sobre el pecho de Eloisa y acarició con un dedo su pezón, que revivió al instante bajo su contacto.

–Te he echado mucho de menos este año –dijo con voz ronca.

–Apenas nos conocíamos entonces y ahora las cosas están volviendo a ir demasiado deprisa –Eloisa acarició con una mano el pecho de Jonah–. ¿Por qué no nos limitamos a disfrutar del momento?

–Piensa en cuánto hemos averiguado el uno del otro hablando un solo día. Hablemos un poco más –Jonah siguió acariciando con delicadeza el pezón de Eloisa–. He echado de menos verte, estar contigo, sentir cómo te movías debajo de mí mientras susurrabas cuánto me necesitabas, cuánto necesitabas lo que puedo darte…

Eloisa rió y le cubrió la boca con la mano.

–De acuerdo, de acuerdo. Ya lo capto.

–No irás a decirme que nunca has pensado en los días que pasamos juntos.

–Claro que he pensado en ellos –Eloisa se sentó en la cama y se rodeó las rodillas con los brazos–. Tienes una forma de impresionar a las personas que no es fácil de olvidar. Alejarme fue la única opción que tenía para conservar la cordura.

–¿Te vuelvo loca? Eso está bien –Jonah apartó el pelo del hombro de Eloisa y deslizó un dedo por su espalda–. Veamos si puedo volver a hacerlo.

–Sabes que sí, a muchos niveles.

–En ese caso, hablemos un poco más.

–Preferiría seguir con lo que estábamos…

Jonah sonrió.

–Veo que sólo eres capaz de pensar en una cosa.

Eloisa también sonrió, aunque no lo miró a los ojos.

–¿Qué tiene de malo que una pareja casada tenga sexo? Mucho sexo. En todas las habitaciones y vehículos a nuestra disposición. Podemos hablar todo el tiempo. De hecho, yo también tengo unas cuantas cosas que decirte.

Jonah la tomó de la mano.

–Estoy hablando en serio, Eloisa. Acabamos de compartir algo especial. Sería una estupidez por nuestra parte tirarlo de nuevo por la borda. Pero para que las cosas funcionen necesito que esta vez seas sincera conmigo.

Eloisa se aferró con más fuerza a sus rodillas y Jonah vio el destello de dolor que cruzó su mirada.

¿Qué podía haberle hecho tanto daño? Estaba a punto de preguntárselo cuando ella lo silenció apoyando un dedo sobre sus labios.

—Aunque bromeo sobre nuestro matrimonio y el sexo, lo cierto es que en mi mente estamos divorciados. Ya hace tiempo que lo estamos. Me va a llevar un tiempo adaptarme a todos estos cambios. Están pasando tantas cosas, y tan rápido… Quiero confiar, confiar en ti…

—En ese caso, hazlo.

—Eso es fácil de decir para ti, que eres de tipo aventurero por naturaleza. Pero el mero hecho de estar juntos ya es un riesgo para mí.

—Eso no me lo creo. No después de conocer a la mujer que conocí hace un año… —Jonah se interrumpió al notar que Eloisa parecía realmente asustada. Había una parte de su carácter que no había conocido en España. En realidad apenas conocía a la mujer con que se había casado, y si quería tener alguna oportunidad con ella ahora, debía esmerarse más que antes.

Debía llegar a comprender a Eloisa para poder conservarla.

—¿Te ha disgustado la visita de tu hermano? Supongo que no es agradable escuchar que tu padre está enfermo. ¿Vas a ir a verlo? ¿Es eso lo que te pasa?

Eloisa bajó la mirada.

—Aún no he decidido si ir a verlo o no. Ni siquiera sé qué pensar de la visita de Duarte. Ha sido tan inesperada que voy a tener que meditar un poco en ella.

—Pero le has creído cuando ha dicho que tu padre estaba enfermo, ¿no?

–Mi abogado me mantiene informada hasta cierto punto. Sé el aspecto que tienen mis hermanos… aunque no sepa dónde viven –Eloisa rió sin humor–. Y lo cierto es que no quiero saberlo. No me gustaría ser responsable de su seguridad.

A Jonah no le gustaba que la familia de Eloisa la dejara allí sola, sin protección. Al pensar aquello comprendió que no podía dejarla ir. No podía dejarla allí sin protección. No había muchas personas que pudieran protegerla al nivel que necesitaba.

Pero él era un Landis.

Y aunque había habido épocas en que había renegado de las convenciones familiares, en aquellos momentos agradeció todo el poder que podía aportarle la influencia Landis para evitar que alguien hiciera daño a Eloisa a causa de sus lazos con los Medina.

–Necesitas algo con que distraerte.

–Ya has hecho un buen trabajo distrayéndome esta noche –Eloisa pasó un brazo por los hombros de Jonah y le dio un beso cargado de promesas.

El pulso de Jonah se aceleró al instante, impulsándolo a actuar.

Pero debía mantenerse firme. Debía ceñirse al plan. Pasar más tiempo con ella. Demostrarle lo bien que podía encajar en su mundo, la facilidad con que podía dejar atrás su vida actual.

–¿Hay alguna posibilidad de que puedas faltar al trabajo un par de días?

Un destello de interés brilló en los ojos de Eloisa, seguido de otro de cautela.

–Tengo que ayudar a Audrey.

–¿Cuándo tiene su próxima fiesta?

–El próximo fin de semana. La organiza la familia de Joel.

–En ese caso, supongo que no hay problema mientras llegues a tiempo. ¿Puede ocuparse Audrey de los planes durante un par de días?

–Yo podría ocuparme de todo por teléfono. Los accesorios de las damas de honor ya están preparados.

–De manera que el único problema es tu trabajo en la biblioteca. ¿Puedes conseguir tiempo libre?

–Me deben un par de favores –la lenta y seductora sonrisa de Eloisa captó de inmediato la atención de Jonah–. Todo depende de lo que tengas en oferta.

–Confía en mí –dijo Jonah, decidido a lograr que sucediera aquello a todos los niveles–. No te sentirás decepcionada.

Capítulo Diez

–Abre los ojos.

Eloisa apartó las manos de Jonah de su rostro y se quedó boquiabierta. Estaba en lo alto de un edificio que daba a un impresionante cañón que se extendía ante sus ojos en un rocoso paisaje de variados tonos naranjas y marrones. El viento agitaba su ropa con fuerza. Se acercó al borde, aferró la barandilla con ambas manos y comprobó que se hallaba en lo alto de una hacienda construida en el borde de un precipicio.

Aquella mañana, al salir de Pensacola, Jonah había mantenido las ventanas del avión y de la limusina cubiertas. Cuando ya llevaban cuatro horas de viaje Eloisa estuvo a punto de perder la paciencia, pero ahora comprendía que había merecido la pena esperar.

La propiedad estaba desierta. Aún había un andamio adosado a uno de los laterales de la casa, pero no había trabajadores a la vista. La hacienda parecía haber sido recientemente reconstruida y el olor a pintura fresca se mezclaba con el de la vegetación circundante.

–Este lugar es increíble. ¿Dónde estamos? –preguntó.

–¿Importa dónde estemos? –Jonah señaló a su alrededor–. ¿No puede ser un lugar bello sólo porque sí, y no debido a su historia?

Eloisa rió.

–Has hablado como un inversor capaz de ver las posibilidades de una propiedad previamente despreciada.

Jonah se llevó una mano al pecho con expresión de pesar.

–Me duele que me consideres tan calculador.

–Eres práctico, y eso es algo que admiro de ti. No te pareces en nada al irresponsable playboy por el que te tomé el año pasado.

–Pero tampoco me tomes por un romántico. Simplemente he buscado un trabajo adecuado para mis inquietos pies y mi deseo de crear lugares especiales.

–Creo que es algo más.

–Tal vez. Pero soy un hombre y no analizo tanto las cosas como vosotras las mujeres. Sólo sé que me gusta transformar cosas que otros han pasado por alto –Jonah sonrió distraídamente–. Por cierto, estamos en Texas. He supuesto que no podría llevarte más lejos sin que empezaras a preocuparte por llegar a tiempo a la fiesta de tu hermana.

–Has supuesto bien. Y me alegra haber aceptado venir contigo.

Afortunadamente, Audrey no se había disgustado ante la perspectiva de su marcha. De hecho, y para sorpresa de Eloisa, había insistido en que se fuera.

Pero todo aquello parecía haber quedado en un mundo lejano. Eloisa había preparado cuidadosamente su equipaje para aquel viaje y había elegido su ropa interior más sedosa y su brillo de labios favorito…

en el que tanto se había fijado Jonah en la biblioteca. Tenía muchas esperanzas puestas en aquel viaje. Quería asegurarse de que tenían alguna perspectiva de futuro juntos antes de abrirse totalmente a él.

Deslizó los dedos por la barandilla.

–Así que este lugar es tu trabajo. Estoy realmente impresionada.

–No se inaugurará hasta dentro de un mes, cuando los decoradores terminen el interior. Gracias a este trabajo he conseguido un contrato en Perú para hacer algo parecido con unas ruinas del siglo diecinueve –Jonah movió la cabeza–. Pero ya basta de hablar de trabajo. Hemos venido aquí a relajarnos, donde nadie puede vernos y nadie vendrá a interrumpirnos. Y ahora quiero que veas algo.

Jonah hizo que Eloisa se volviera hacia su derecha. Lo que vio fue una piscina sobre la azotea, pero distinta a todas las que había visto hasta entonces. Se prolongaba hasta el final del edificio y parecía fundirse con el horizonte.

–Es lo que llaman una piscina infinita –explicó Jonah.

–¿Cómo es posible que no se acabe al llegar al borde de la azotea? –preguntó Eloisa.

Jonah la tomó de la mano.

–Está diseñada con el extremo rebajado para que parezca que se funde con el horizonte. Algunos lo llaman borde negativo. Un lado de la piscina está ligeramente más bajo que el otro y tiene un sistema que hace volver el agua constantemente.

–Parece muy complicado.

–Todo es cuestión de técnica. Un hotel de Hong

Kong tiene la piscina infinita más asombrosa que he visto –Jonah estrechó cálidamente la mano de Eloisa–. ¿Quieres ir a verla?

–¿Ahora? –preguntó ella, asombrada por la sugerencia–. Acabamos de llegar a Texas y aún me estoy adaptando.

–Pero quieres ir.

Eloisa reconoció en su fuero interno que le gustaría ir, pero, ¿sería capaz de dejarlo todo para ver el mundo con Jonah?

–Tal vez –contestó–. Por un periodo de tiempo, tal vez, pero después…

–Deja de pensar en lo que sucederá luego. Disfruta del momento, aquí, al borde de este impresionante cañón. Arriésgate, señorita bibliotecaria.

Eloisa se puso instintivamente a la defensiva.

–¿Qué tiene de malo trabajar de bibliotecaria en Pensacola, Florida?

Jonah pasó una mano por su cintura y la estrechó contra su costado.

–Yo no he dicho que haya nada malo en tu profesión. Simplemente te estoy ofreciendo la oportunidad de «experimentar» los libros. Puedes tenerlo todo.

La idea resultaba tentadora, pero la realidad se impuso de todos modos, los recuerdos de su madre, de sí misma, incluso algún destello de la mirada desolada de su padre. Las consecuencias que podía acarrear salirse de la zona de seguridad podían ser enormes.

–Mataron a la esposa de mi padre. La asesinaron mientras trataba de llegar hasta él –Eloisa miró a los ojos de Jonah en busca de respuestas, de comprensión–. ¿No se preocupa tu familia por ese tipo de amenazas? Puede que tu padre muriera en un accidente de tráfico, pero tuviste que ser consciente de los peligros que corríais.

Jonah asintió lentamente.

–Es cierto que mi familia ha tenido que convivir con la realidad de posibles secuestros y amenazas debido a motivos políticos. No es justo, pero así seguirían siendo las cosas incluso si regaláramos todo nuestro dinero y abandonáramos mañana la escena pública. Nadie creería que no teníamos algo oculto en algún sitio. Conservamos nuestra influencia y tenemos la responsabilidad de utilizarla adecuadamente –tomó el rostro de Eloisa entre sus manos y la miró a los ojos–. No puedes vivir tu vida mediatizada por el miedo.

Eloisa se apartó de su lado. Apoyarse en él habría sido demasiado fácil.

–Dile eso a Enrique Medina –dijo, y sintió que se le encogía el corazón. ¿Cuánto tiempo le quedaría a su padre?–. Ha pasado casi tres décadas ocultándose del mundo.

–Si supiera donde está, se lo diría cara a cara.

–Supuse que lo habías averiguado cuando me encontraste –dijo Eloisa. Tal vez había esperado que él lo supiera para no tener que decidir ponerse a buscar a su padre. De hecho, había alimentado la esperanza de que fuera allí donde iba a llevarla ese día. No había duda de que era una cobarde.

–Medina mantiene muy bien sus secretos.

–Supongo que sí –«como yo», pensó Eloisa mientras experimentaba una inevitable punzada de culpabilidad.

Jonah volvió a estrecharla contra su costado.

–¿De qué crees que quiere hablarte?

–No tengo ni idea. Los más probable es que sólo quiera despedirse de mí, algo a lo que supongo que debería acceder. Pero intuyo que entrar en su mundo podría suponer un cambio irrevocable para mí –Eloisa parpadeó para alejar unas lágrimas que acabaron filtrándose a su alma. Ladeó la cabeza para mirar a Jonah–. Deberíamos hablar.

Jonah alzó una mano para acariciarle una mejilla.

–Creo que ya hemos hablado suficiente por un día.

Eloisa tuvo que recordar su decisión de esperar a estar segura de que Jonah iba a quedarse antes de experimentar el dolor que inevitablemente surgiría cuando le explicara lo sucedido. A pesar de todo, su conciencia le hizo susurrar:

–En serio, Jonah. Necesito decirte...

–Deja de discutir. Podemos hablar de lo que quieras luego –Jonah pasó el otro brazo por la cintura de Eloisa y la estrechó contra sí, reavivando el deseo que había permanecido latente entre ellos toda la tarde–. Ahora mismo quiero hacerte el amor en esta piscina mientras miramos hacia el infinito.

El infinito.

Para siempre.

Podían tenerlo todo. Eloisa podía tener tiempo para decirle lo que tenía que decirle. Las posibilidades parecían tan ilimitadas como el perpetuo ciclo del agua de aquella piscina.

Entonces Jonah la besó y ella se permitió tener esperanzas.

Jonah estrechó con fuerza a Eloisa, sintiendo que algo se movía en su interior, que la tensión la abandonaba poco a poco. No sabía qué había provocado aquel cambio, pero no pensaba protestar.

–Vamos dentro, a tu suite –susurró Eloisa

–Aquí –contestó él–. Estoy seguro de que nadie puede vernos. Diseñé este patio pensando en una intimidad total.

A lo largo de los pasados meses se había torturado fantaseando sobre la posibilidad de llevarla allí y desnudar su cuerpo al sol.

–¿Confías en mí?

–No se me ocurre nada más excitante que hacer el amor al aire libre contigo –dijo Eloisa mientras lo rodeaba por el cuello con los brazos–. Quiero confiar en ti.

Jonah pensó que confiar en él no era lo mismo que confiarse a él, pero, dadas las circunstancias, no pensaba ponerse a discutir por cuestiones semánticas.

Eloisa le retiró la chaqueta de los hombros a la vez que lo iba empujando hacia una tumbona que había junto a la piscina. Luego le desabrochó los botones de la camisa hasta que flotó tras él agitada por la brisa.

Sonriendo, Jonah movió la cabeza y volvió a llevarla hacia la piscina. Eloisa pareció desconcertada hasta que le devolvió la sonrisa. Se quitó las sandalias y tanteó el agua con los dedos del pie. Su suspiró de placer hizo que la cremallera del pantalón de Jonah se tensara visiblemente. Jugueteó con el lazo que sujetaba a la espalda el ligero vestido que llevaba Eloisa. Un simple tirón bastó para que cayera a sus pies, dejando expuestos sus pechos al sol.

Unos momentos después ambos estaban desnudos junto a la piscina. Los pechos de Eloisa rozaron el de Jonah cuando lo tomó en su mano y empezó a acariciarlo.

Pero Jonah tenía otros planes. La tomó por la muñeca y le hizo colocar la mano de nuevo encima de su hombro antes de rodearla con los brazos por la cintura y alzarla para entrar en el agua. Cuando ésta le llegaba por la cintura, volvió a dejar a Eloisa en el suelo.

Deslizó una mano entre sus piernas, donde la esencia de su excitación se mezclaba con el agua, dejándola dispuesta para sus caricias. Introdujo dos dedos en su cálido interior y la acarició por dentro mientras hacía lo mismo por fuera con el pulgar. Con un tembloroso suspiro, Eloisa presionó contra él como había hecho en la biblioteca, tan ardiente, tan receptiva... Tan perfecta que Jonah estuvo a punto de perder por completo el control sólo por tocarla.

Eloisa dejó un rastro de frenéticos besos en su rostro.

—Te quiero dentro de mí, totalmente... lo quiero todo aquí, ahora —exigió.

—Estoy más que dispuesto a complacerte —murmuró Jonah con voz ronca a la vez que la tomaba con ambas manos por el trasero y la alzaba.

Ella lo rodeó con las piernas por la cintura, apoyó el centro de su deseo contra el palpitante miembro de Jonah y se dejó caer lentamente.

–Control de natalidad –murmuró Jonah junto a su oído. Hasta ese momento no se había dado cuenta de su olvido y quiso abofetearse por ello. Él nunca olvidaba aquel detalle.

Eloisa lo rodeó con más fuerza con sus brazos.

–Estoy tomando la píldora.

–No mencionaste ese detalle la vez anterior.

–No tengo las ideas muy claras cuando estoy contigo… especialmente cuando estamos desnudos. Y ahora, ¿podemos dejar de hablar y pasar a la parte divertida? Quiero hacer esto… te deseo. En realidad resulta muy práctico que sigas siendo mi marido.

Pero Eloisa no se había enterado de aquello hasta hacía unos días, pensó Jonah. No quería saber por qué estaba tomando la píldora. En lugar de ello, se alegró de poder librarse de aquella preocupación para poder…

Sumergirse en ella.

Eloisa echó atrás la cabeza y su larga melena flotó en el agua. Jonah inclinó la cabeza para tomar en la boca la cima de su pezón. La acarició con la lengua, la mordisqueó, utilizando su boca de todos los modos que habrían utilizado sus manos si las hubiera tenido libres.

El agua se arremolinó entre ellos mientras Jonah empezaba a establecer un movimiento más rítmico a sus penetraciones. Quería que aquello durara. Se negaba a perder a Eloisa. Aunque habían hecho muchos progresos aquel día, aún sentía sus reservas. Fuera lo que fuese lo que causaba aquella actitud en Eloisa, necesitaba asegurarse de dejarle claro que no tenía que tener miedo, que él podía cuidarla y ocuparse de ella como era debido.

Pensaba ocuparse de ella sensual, físicamente y en todos los aspectos que necesitara.

El primitivo impulso de hacerla suya se adueñó por completo de él, acentuado por el entorno natural que los rodeaba. Había acudido en busca de Eloisa y había descubierto en su propio interior algo que no había anticipado. Algo básico e innegable.

Imprimió un ritmo más firme a sus movimientos mientras Eloisa se aferraba a él. Jadeante, echó la cabeza atrás, arqueó la espalda y cerró los ojos. Jonah contempló y saboreó cada momento de su dulce liberación en su rostro, reflejada en cómo se contrajo en torno a él, hasta que ya no pudo contenerse más.

Mientras liberaba su simiente en el cálido y palpitante interior de Eloisa, sintió que era suya. Ya se habían terminado las barreras, los límites, los secretos…

Capítulo Once

Eloisa se rindió al lánguido placer de flotar en el agua y observar las estrellas que cuajaban el cielo. Qué liberador resultaba olvidarse por unos momentos del mundo y sus preocupaciones… Aquella noche no era una esposa, una hermana, una hija…

Aquella noche tan sólo era una mujer con su amante.

Después de hacer el amor con Jonah habían permanecido largo rato abrazados en el agua, sin hablar. La maravillosa sensación de estar juntos de aquel modo había superado cualquier cosa que hubiera podido imaginar.

El sonido del movimiento de los brazos de Jonah en el agua anunció la presencia de éste un segundo antes de que pasara a su lado. Eloisa alargó un mano para acariciarlo. Jonah dejó de nadar y se puso en pie junto a ella.

—¿Estás lista para entrar? Nos espera una cena fría en la nevera.

Eloisa lo rodeó con un brazo por el cuello.

—Se está haciendo tarde. No quiero que este día termine.

—Aún no ha terminado —dijo Jonah, que a continuación la tomó en brazos, salió con ella del agua y se encaminó hacia la casa.

Los pechos y los pezones mojados de Eloisa se tensaron al ser acariciados por la brisa y notó la mirada de evidente aprecio que les dedicó Jonah. La nueva comodidad que compartían el uno con el otro era tan excitante como sentir sus manos acariciándola, pero también le asustaba un poco. Trató de centrarse en el momento, en aquellos pocos días que se había prometido a sí misma.

Jonah entró en la casa y se encaminó directamente al dormitorio. Eloisa apenas tuvo tiempo de fijarse en los detalles de la decoración, pero, por lo poco que vio, pensó que se parecía un poco al estilo de la casa que había alquilado Jonah en Madrid un año atrás.

Tras dejarla en la enorme cama que dominaba el dormitorio, Jonah entró en el baño y salió con dos toallas. Entregó una a Eloisa y empezó a secarse el pelo con la otra. Eloisa sabía que tardaría mucho en secarse y decidió utilizar la toalla a modo de turbante.

Tras frotarse el pelo con energía, Jonah agitó la cabeza antes de tumbarse junto a ella en la cama. Eloisa apoyó la cabeza en su hombro y deslizó un dedo por su pecho desnudo mientras contemplaba la vista del cañón.

–Es increíble la sensación de intimidad que produce este lugar.

–Eso es algo que trato de conseguir en cada uno de mis proyectos –dijo Jonah mientras apoyaba una mano en la cadera de Eloisa.

–Supongo que al crecer bajo la atenta mirada del ojo público aprendiste a apreciar el valor de la intimidad.

–Hasta cierto punto –Jonah deslizó un brazo tras su cabeza y centró la mirada en la lejanía–. Mis padres se esforzaron mucho en protegernos, en asegurarse de que no nos sintiéramos ricos o diferentes.

–Eso suena bien. Tienes suerte de haber contado con unos padres así.

–Lo sé –Jonah se movió incómodo en la cama y enseguida sonrió como para aligerar el ambiente–. Y si alguna vez lo olvido, mi madre se ocupa de recordármelo.

–Debiste ser un niño muy aventurero, siempre buscando territorios que explorar.

–Sí que di un par de buenos sustos a mis padres, desde luego.

–Sin duda, hoy me he beneficiado de tu espíritu aventurero. Gracias –Eloisa se irguió para dar un ligero beso a Jonah en los labios–. Jamás había soñado con hacer el amor en una playa, y mucho menos en un sitio como éste. El temor de que alguien pudiera presentarse de pronto, a robarnos, o algo peor…

Eloisa sintió un estremecimiento que le hubiera gustado poder achacar al hecho de que estaba anocheciendo y el viento parecía haber arreciado.

Jonah tomó una manta que había a los pies de la cama y tiro de ella hasta sus cinturas.

–Nunca se me ocurriría ponerte en una situación en que pudieras correr peligro.

Eloisa se acurrucó contra él.

–No intencionadamente, al menos.

–Nunca –Jonah le acarició los hombros–. Estás volviendo a tensarte. Relájate.

Eloisa reprimió una sonrisa. Al parecer Jonah pensaba que podía arreglar cualquier cosa, incluso el estado de sus músculos… y de pronto se dio cuenta de que, efectivamente, se había relajado.

–Así está mejor –murmuró él mientras le acariciaba la espalda.

–Debe ser el sonido del agua y la cercanía de la naturaleza. ¿Cómo podría estar uno tenso en este entorno?

–Así que te gusta hacer el amor al aire libre. Comparto totalmente tu gusto. Podríamos hacer esto en diversos países mientras me dedico a mis proyectos de restauración. Las posibilidades son tan ilimitadas como el horizonte.

Eloisa sintió que se le encogía el estómago.

–No podría vivir mi vida así, siguiéndote por todo el mundo –alzó una mano y apoyó un dedo sobre los labios de Jonah–. Ni se te ocurra decirlo.

–¿Decir qué?

–Algo petulante como… –Eloisa puso la voz más grave para imitar la de Jonah–… disfrutar del sexo en diferentes países del mundo es una meta fabulosa.

Jonah frunció ligeramente el ceño.

–Ya empezamos otra vez con tus suposiciones negativas sobre mí. No puedo evitar preguntarme si estás utilizando esa excusa porque estás nerviosa por lo que ha pasado ahí fuera entre nosotros. Sabes muy bien que tengo un trabajo, una meta –suspiró y se pasó una mano por el pelo–. Cada vez que empiezo a alabar tu fuerza y tu apasionada naturaleza, te retraes. ¿Por qué?

Eloisa sabía que Jonah tenía razón, aunque le costara reconocerlo. A pesar de todo, insistió.

–Tú tienes un trabajo, ¿pero cómo encajaría yo en tus planes? Necesito una meta propia.

Aquello silenció a Jonah por primera vez. Eloisa estaba a punto de ceder, de disculparse para que el ambiente volviera a ser el de antes, cuando sonó el móvil en su bolso. Jonah debía haberlo dejado en la habitación junto a la comida fría que no habían llegado a probar. En cualquier caso, agradeció la distracción.

Se cubrió con la colcha para levantarse y fue hasta el baúl que estaba al pie de la cama a por su bolso. Lo abrió y tomó el teléfono.

–¿Hola?

–¿Eloisa? Soy tu padre.

El estómago de Eloisa se encogió de nuevo al escuchar la palabra «padre» aunque reconoció la voz. Era Harry Taylor, su padrastro.

–¿Qué sucede, Harry? –pronunció el nombre en respuesta a la inquisitiva mirada de Jonah.

–Te llamo por Audrey –dijo Harry en un tono de evidente frustración.

Eloisa se tensó al instante. ¿Qué habría pasado? ¿Por qué había permitido que Jonah la persuadiera para irse? No debería haberse marchado estando su hermana en aquellas circunstancias.

–¿Está bien? ¿Ha sufrido un accidente o algo parecido?

–Audrey se ha fugado con Joey.

Eloisa se quedó boquiabierta. Aquello era lo último que esperaba oír de su hermana.

–Oh…

–No puedo creer que haya actuado de un modo

tan irracional y desconsiderado después de todo lo que me he esforzado para organizarle una boda perfecta, para darle la entrada a la alta sociedad que siempre ha querido.

Eloisa reprimió el impulso de decir que era él el que más había buscado aquello.

—Siento que hayas perdido dinero en todo esto.

—No lo entiendes —dijo Harry, irritado—. Audrey dice que Joey y ella se van. Quieren empezar de cero, cortando los lazos que unen a Joey con su familia. Quieren tirar por la borda toda la influencia del nombre de su familia.

Al parecer, Audrey se estaba espabilando, pensó Eloisa. Tras la conmoción inicial de la noticia, supo que su hermana estaba mejor así.

Jonah le dedicó una mirada interrogante.

Eloisa alzó una mano para indicarle que esperara y siguió hablando.

—Es mejor que Audrey ponga ahora en orden su vida y no arriesgarse a un complicado divorcio más adelante.

Harry bufó al otro lado del teléfono.

—¿Dónde estás, Eloisa? Necesito tu ayuda cuanto antes.

—He salido a dar un paseo en coche. No te preocupes, Harry. Volveré en cuanto pueda.

A continuación colgó.

Al parecer, hasta el infinito llegaba a su final.

Jonah se puso los vaqueros y se pasó una mano por el pelo, aún húmedo.

Las cosas se estaban complicando con Eloisa.

Su familia sólo tenía que chasquear los dedos para que acudiera corriendo a su lado. Por otro lado, aquel podía ser un rasgo admirable de su carácter. Como un Landis, él habría hecho exactamente lo mismo en una situación de crisis familiar.

Entonces, ¿por qué le irritaba tanto aquello? Porque Eloisa no podía contar con nadie y sin embargo ellos esperaban que lo dejara todo por una pequeña crisis.

La observó mientras se ponía un vestido de tirantes y lamentó no haber podido disfrutar más de momento. Pero Eloisa estaba haciendo el equipaje. Estaba decidida a volver de inmediato para hacer no se sabía qué. Su hermana se había ido. Era un hecho consumado.

A pesar de todo, Eloisa estaba haciendo el equipaje para regresar con mucha más celeridad de lo que lo había hecho para marcharse. ¿Qué estaba pasando allí?

De pronto, Eloisa se quedó muy quieta.

—Pensé que habías dicho que estábamos solos.

Jonah dejó de abrocharse la camisa y escuchó atentamente. El sonido del ascensor llegó con claridad hasta sus oídos. Estaba subiendo.

—Los decoradores están abajo, pero no hay motivo para que suban aquí. Además, no tienen la llave de ese ascensor.

En aquel momento sonó una campanilla fuera de la suite. Jonah se encaminó rápidamente hacia la puerta.

—He dicho que nadie iba a molestarnos, pero parece que estaba equivocado —dijo, molesto por la interrupción.

Acababa de abrir la puerta cuando una mujer cuidadosamente acicalada salió del ascensor privado de la mansión. Su madre. De todas las personas posibles, tenía que ser precisamente su madre la que se presentara allí cuando estaba con Eloisa. Su llegada no podía ser casual. Debía saber algo, o al menos lo había intuido. Jonah estaba convencido de que su madre tenía una especie de radar materno instalado en el cerebro,

¿Podía estropearse el día aún más rápido?

Jonah cerró cuidadosamente la puerta y masculló una maldición mientras se encaminaba al ascensor.

–¿Qué pasa, mamá?.

Ginger Landis Renshaw palmeó la espalda de su hijo mientras lo abrazaba.

–¿Ésa es forma de dar la bienvenida a tu madre? Puede que ya fueras más alto que yo a los trece años, pero aún tienes que cuidar tus modales, jovencito.

Su madre era todo protocolo en el mundo de la política, pero con su familia mantenía una actitud más real, a pesar de que en la actualidad ejercía de embajadora en un pequeño país sudamericano.

Jonah miró por encima del hombro la puerta cerrada del dormitorio. No iba a poder mantener a Eloisa protegida mucho tiempo. Esperaba poder distraer a su madre el tiempo suficiente como para poder volver a la suite a avisar a Eloisa para que se preparara para el encuentro. La mayoría de las mujeres con que había salido se quedaban paralizadas… o se esfumaban.

Estaba seguro de que Eloisa no era de las que se irían, pero le preocupaba la primera posibilidad.

Se consoló pensando que al menos sus hermanos no estaban allí.

–Estoy con alguien, mamá. No es un momento muy oportuno.

–Lo sé. ¿Por qué crees que he venido? Quiero conocer a Eloisa personalmente en lugar de esperar a que te decidas a presentármela.

No había forma de engañar a Ginger. Pero, ¿cuánto sabía? Al parecer, mucho, si ya había averiguado el nombre de Eloisa.

La puerta de la suite se abrió.

–Jonah –dijo Eloisa con suavidad–. Ya he hecho el equipaje y estoy lista para salir, pero si estás ocupado con tu trabajo puedo llamar a un taxi –al ver a la famosa madre de Jonah, se quedó paralizada–. Disculpe, señora.

–Ésta es mi madre, Eloisa –dijo Jonah–. Ginger Landis Renshaw.

Su madre pasó junto a él sin apartar su penetrante y cálida mirada de Eloisa.

–Llámame Ginger, por favor. Todos esos nombres son demasiado. Es un placer conocerte, Eloisa.

–Lo mismo digo, Ginger –dijo Eloisa a la vez que aceptaba su mano.

Jonah constató que no parecía asustada.

Parecía estar manteniendo su terreno silenciosamente mientras Ginger rellenaba el silencio con un rápido monólogo sobre su viaje. Eloisa poseía una elegancia especial, una forma de estar muy natural en cualquier circunstancia. Era fácil comprender por qué era la roca de su familia, por qué su padre y su padrastro la necesitaban a su lado en aquellos momentos.

Resultaba hipnótico mirarla.

–¿Jonah? ¡Jonah! –repitió Ginger.

—¿Eh? —brillante respuesta. Jonah apartó los ojos de Eloisa—. ¿Qué has dicho, mamá??

Ginger sonrió antes de responder.

—Estaba diciéndole a tu encantadora amiga que he ido a visitar a un amigo congresista que vive cerca de aquí. Ya que estaba en los Estados Unidos he llamado a tus hermanos para que nos reunamos todos aquí a pasar un par de días juntos.

—¿Mis hermanos están aquí? —preguntó Jonah, asombrado.

—Están abajo, echando un vistazo a tu último trabajo. Es magnífico, querido.

Al parecer, las cosas siempre podían empeorar.

Eloisa se volvió hacia Jonah.

—Parece que tú y tu madre tenéis mucho de qué hablar. Voy a llamar a mi padre mientras te reúnes con tu familia —asintió con la cabeza en dirección a Ginger—. Ha sido un placer conocerte —añadió antes de volver a la suite.

Jonah decidió aprovechar la oportunidad para averiguar qué se traía su madre entre manos.

—¿Qué haces realmente aquí, mamá? Dudo que Matthew, Sebastian, Kyle y tú estuvierais casualmente por la zona.

Ginger lo tomó del brazo y tiró de él hacia el ascensor.

—Aquí tendremos más intimidad para hablar.

—¿Ha venido también el general?

—Hank no ha podido volver de su reunión en Alemania a tiempo. Te envía sus saludos —las puertas del ascensor se cerraron.

—Esto es una locura, mamá.

–Sólo estoy haciendo lo que haría cualquier madre. Percibo en tu voz cuándo algo va mal. Es un instinto maternal, un don que tengo para todos mis hijos –Ginger pulsó el botón de parada–. Me preguntaste por los Medina y me puse a investigar. Averigüé muchas cosas, especialmente sobre Eloisa y sobre ti.

Aquello captó definitivamente el interés de Jonah.

–¿Qué has averiguado?

–Que estás casado. Y he decidido que, ya que llevas un año casado, si quería conocer alguna vez a mi nuera más me valía tomar el asunto en mis manos.

Capítulo Doce

Asombrado, Jonah miró a su madre mientras digería la noticia, junto con todas las repercusiones que podía tener para Eloisa. ¿Cómo había averiguado su madre aquello…?

–Sebastian –murmuró.

Ginger asintió lentamente.

–Acudía a él con algunas preguntas cuando empecé a indagar sobre los Medina. Pensó que ya lo sabía.

Jonah asintió lentamente.

–Comprendo tu impaciencia, mamá, pero necesito que esperes un poco más. ¿Qué has podido averiguar sobre los Medina? ¿Qué sabes del viejo rey? ¿Y de Eloisa?

–Sé quién es su verdadero padre, un secreto celosamente guardado durante más de veinticinco años pero que peligra desde que os casasteis. De lo contrario no habría podido descubrir la identidad de Eloisa.

Jonah se quedó helado por dentro. Nunca se le había ocurrido pensar que había puesto en peligro a Eloisa al casarse con ella. Pero entonces no estaba al tanto de su secreto.

–No pienso permitir que nadie le toque un solo pelo de la cabeza.

–Veo que estás realmente colado por ella –Ginger sonrió–. Felicidades, Jonah.

–Me casé con ella, ¿no?

–Sí, pero es obvio que hay problemas, o de lo contrario no habríais pasado un año separados –Ginger alzó un dedo perfectamente manicurado–. No trato de entrometerme. Sólo comento lo obvio. No conozco a Eloisa, pero supongo que tiene motivos para ser cautelosa.

–No le gusta nada ser el centro de atención –Jonah miró la puerta cerrada del ascensor y pensó en ella esperándolo con su maleta lista–. Cuando llegue el momento, habrá que sacar una nota de prensa cuidadosamente elaborada.

–Eso está muy bien, pero me refería a que Eloisa es cautelosa a la hora de formar parte de una familia. No la conozco personalmente, pero lo que he averiguado me entristece por ella, y también me da qué pensar sobre el hecho de que no hayáis disfrutado de vuestro matrimonio durante este año.

–No nos iba mal hasta que nuestras respectivas familias han empezado a llamar y a presentarse de improviso.

Ginger ignoró el comentario de su hijo.

–Tú tienes la suerte de contar con tradiciones familiares, y por eso te parece algo sencillo. Pero no a todo el mundo le sucede igual. Como a Eloisa, tal vez.

–Lo sé, mamá, y no lo doy por sentado.

–No sé si estoy de acuerdo contigo en eso, pero tampoco os estoy condenando a tus hermanos y a ti por ello. Los niños deberían disfrutar de esas tradiciones para poder contar con ellas a lo largo de los años. Eso les da raíces para ser fuertes cuando llegan las tormentas de la vida. Como cuando tu padre murió. Llevas una parte de él contigo en nuestras tradiciones.

–¿Qué tratas de decir, mamá?–Jonah se pasó una mano por el pelo, exasperado–. No entiendo nada. Ten en cuenta que soy un hombre.

–Si quieres conservar a Eloisa, tienes que ayudarla a sentirse segura –Ginger volvió a pulsar el botón del ascensor y se puso de puntillas para besar a su hijo en la mejilla–. Ahora ve a ocuparte de tu esposa. Estoy deseando hablar con ella abajo en cuanto estéis listos. Tus hermanos y yo estaremos esperando.

Media hora después, Eloisa esperaba en la sala de estar con su equipaje y la numerosa familia de Jonah. Estaba nerviosa, e incluso sentía unas ligeras náuseas a causa del giro de los acontecimientos.

Jonah y ella apenas habían tenido tiempo de hablar cuando Jonah había regresado al dormitorio. Éste se había limitado a disculparse por la inesperada visita de su familia y había prometido llevarla con Audrey antes de que regresara de Las Vegas. Le había asegurado que se ocuparía de todo y luego le había dado un beso breve pero intenso antes de acompañarla abajo.

Unos minutos después se encontraba sentada en medio de una atípica reunión familiar. Se esforzó por no juguetear nerviosamente con el asa de su bolso. Jonah le había asegurado que tan sólo su madre y su hermano abogado estaban al tanto de su matrimonio y de la verdad sobre sus orígenes. Al parecer, los demás hermanos pensaban que era simplemente una amiga. Le asustaba mucho pensar que la gente conocía la verdad… pero al menos no la sabían todos.

Todavía.

Contempló a los cuatro hombres Landis que ocupaban los sofás de cuero del salón. Todos compartían los ojos azules de su madre. Su pelo tenía distintos matices de castaño. Jonah lo llevaba más largo que los demás.

Pero la fuerte mandíbula familiar era inconfundible. Aquéllos eran hombres poderosos, tenaces. Eloisa sospechaba que también habían heredado aquellos rasgos de su madre.

Ginger Landis Renshaw estaba fuera del salón, atendiendo una llamada de trabajo, y Eloisa podía verla a través de las cristaleras. Recordaba haber leído que tenía poco más de cincuenta años, pero los llevaba muy bien. Afortunadamente, al conocerla en persona le había parecido menos intimidante de lo que había imaginado por la prensa. Sabía que era una mujer muy preparada e inteligente, capaz de sacar a relucir una determinación de acero cuando hacía falta.

Todo el grupo familiar resultaba muy atractivo en conjunto, y casi se podía palpar su unidad, la felicidad que les producía su reencuentro.

¿Cómo se las habría arreglado Ginger Landis para tener una familia tan unida? Eloisa volvió de nuevo la mirada hacia Ginger, como si su figura pudiera responder a sus preguntas. Entonces uno de los hermanos se puso ante el ventanal, bloqueándole la vista. Buscó en la memoria de qué hermano se trataba...

El mayor, Matthew Landis, era senador en Carolina del Sur y un consumado político.

–A nuestro hermanito Jonah siempre se le ha dado bien ser discreto, mantenerse vigilante sin que se le note, pero ni siquiera nosotros hemos visto venir esto –Matthew se volvió hacia Jonah–. ¿Dónde has tenido escondida a esta encantadora mujer?

Jonah apoyó una mano en el brazo de Eloisa.

–Nos conocimos en España el pasado verano –fue su respuesta, sencilla, sin complicaciones.

Para Eloisa resultó surreal estar tranquilamente sentada allí mientras su mundo estallaba en torno a ella.

La vida de Audrey en pleno caos…

Sus secretos prácticamente expuestos…

Ningún lugar en que esconderse del hecho de que se estaba enamorando perdidamente de Jonah Landis…

Unió sus temblorosas manos en su regazo y trató de simular una calma que estaba lejos de sentir. Podía aprovechar aquella oportunidad para averiguar algo más sobre Jonah a través de sus hermanos.

–¿Cómo se mantenía vigilante? –preguntó.

–No entremos en eso –dijo Jonah.

Kyle sonrió.

–Claro que sí. Somos tres contra uno, hermanito.

El mundo de los hermanos era algo bastante desconocido para Eloisa. Sólo había estado con los suyos en una ocasión, veinte años atrás.

Sebastian, el abogado, extendió un brazo por el respaldo del sofá.

–Evitó que mamá descubriera nuestros túneles.

–¿Túneles?

Kyle, el hermano que había estado en el ejército, se inclinó hacia delante y apoyó los codos en sus rodillas.

–Cuando Sebastian, Jonah y yo éramos niños, durante las vacaciones de verano solíamos llevarnos algo de comida y bebida en nuestras mochilas para pasar el día fuera. Solíamos ir a una zona boscosa cercana a la playa. Sebastian y yo cavábamos túneles mientras Jonah hacia guardia para avisarnos si se acercaba algún adulto.

La solemne expresión de Sebastian se animó al instante.

—Cavábamos el agujero, tapábamos el agujero con unas tablas y las cubríamos de tierra.

—¿Y vuestro hermano mayor? —Eloisa asintió en dirección a Matthew.

Kyle dio un codazo al famoso senador.

—Le gustaba mucho seguir las reglas y no lo invitábamos a nuestras aventuras. Aunque me temo que ahora nuestro secreto ha quedado desvelado.

—¿Secreto? —Matthew extendió sus largas piernas ante sí—. ¿No os habéis preguntado nunca por qué no se hundieron esos túneles sobre vuestras cabezas.

Kyle frunció el ceño.

—Nuestros túneles estaban perfectamente construidos.

—De acuerdo —Matthew extendió expresivamente los brazos—. Si eso es lo que quieres creer…

—Es lo que sucedió —Kyle frunció aún más el ceño—. ¿O no?

El contemplativo Sebastian se movió incómodo en su asiento hasta que Matthew agitó la cabeza, riendo.

—Cuando vosotros volvíais a casa, Jonah volvía para asegurar vuestros túneles. Yo solía hacer guardia.

Las expresiones de asombro de Kyle y Sebastian fueron para morirse de risa.

—Jonah ya era un arquitecto en ciernes —añadió Mathew.

–Nos estáis tomando el pelo –dijo Kyle.

–¿Los dos colaborasteis contra nosotros? –preguntó Sebastian.

–Colaboramos «con» vosotros. Y si no nos hubierais excluido de vuestras aventuras en los túneles probablemente os habríamos enseñado desde el principio cómo cavarlos bien en lugar de reírnos a vuestras espaldas.

Kyle dio una palmada a su hermano en el brazo, lo que inició una ligera pelea fraternal mezclada con un montón de risas. Eloisa se preguntó si sus hermanos Medina compartirían también recuerdos y momentos como aquél. ¿Tendría el coraje de averiguarlo? En realidad, lo único que la relacionaba con ellos era su sangre.

¿Y su hermana Audrey? Era posible que no tuvieran un círculo familiar perfecto, como el de los Landis, pero se querían. Tenía que acudir a su lado, como Jonah había hecho con sus hermanos, protegiendo su secreto y asegurándose a la vez de que estuvieran a salvo. Incluso de niño, y siendo el más joven de todos, había sido un guardián, un protector... y saberlo hizo que se sintiera aún más colada por él.

Sintió que las lágrimas atenazaban su garganta. No sabía si iba a poder soportar más emociones en un solo día.

Se volvió hacia Jonah, llamó su atención y señaló disimuladamente su reloj. «Tenemos que irnos», le dijo con la mirada.

No sólo por Audrey. Necesitaba distanciarse para pensar, porque estando allí sentada con los Landis sentía tantos deseos de formar parte del mundo de Jonah que casi le dolía. Aquélla no era una familia que huía de las responsabilidades y los compromisos. Jonah era un hombre del que se podía depender.

Y en aquellos momentos no estaba segura de ser la mujer que él se merecía.

A la mañana siguiente, Eloisa estaba en la cocina de su casa, con una taza de té en las manos y sentada junto a su hermana. Su hermana recién casa.

Un fino anillo de plata adornaba el dedo de Audrey.

Eloisa y Jonah habían llegado al amanecer. Eloisa esperaba poder hablar con él durante el trayecto, pero Jonah había recibido una llamada de los constructores con los que iba a trabajar en Perú para hablar del proyecto al que iba a dedicarse cuando se fuera de allí.

Cuando la dejara.

Al llegar a casa, Eloisa había encontrado a su hermana esperándola. Con Joey, que en aquellos momentos estaba hablando en el patio con Jonah.

Eloisa apoyó la mano en la de Audrey.

—Siento no haber estado aquí cuando me necesitabas.

—Ya soy mayor de edad, a pesar de lo que piense nuestro padre. Tomé la decisión sola. Joey quería fugarse y dejar el pueblo desde el principio. Nunca debería haber permitido que papá me convenciera para organizar una gran boda.

—No seas demasiado dura contigo misma. Todos queremos complacer a aquéllos a quienes queremos.

Audrey bajó la mirada.

–Yo soy tan culpable como él. El dinero siempre nos ha importado demasiado. Papá siempre estaba obsesionado con no tener suficiente para mamá. Recuerdo la ocasión en que le compró un collar de diamantes y zafiros. A ella le encantó, pero él no dejaba de disculparse porque no era lo suficientemente grande. Dijo que quería que se sintiera como una reina.

¿Cómo una reina? Eloisa se quedó momentáneamente paralizada. ¿Sabría su padre más de lo que ella creía? Si era así, su secreto empezaba a ser el peor guardado del planeta.

–Mamá quería a papá.

–Lo sé. Y quiero lo mismo para mi matrimonio –Audrey tomó una mano de su hermana en las suyas–. Pero me ha llevado tiempo darme cuenta de que lo importante no son las ceremonias y las celebraciones. Sé que probablemente piensas que estoy loca por haberme escapado.

–Puede que te entienda mucho mejor de lo que crees –dijo Eloisa, que no pudo evitar una punzada de culpabilidad.

Miró hacia el patio, donde Jonah y Joey seguían hablando como viejos amigos. Jonah se relacionaba con gran facilidad con la gente, y sabía cómo conquistarla. No había duda de que a ella la había conquistado un año atrás… y la noche anterior. Se había introducido bajo sus defensas como no lo había hecho ningún otro hombre.

Audrey dedicó a su recién estrenado marido una amorosa mirada.

–Ojalá hubiera seguido antes mis instintos. Me habría ahorrado mucho tiempo y trabajo –suspiró–. Aún no sé dónde vamos a vivir. Joey dice que eso forma parte de la aventura. Puede que utilicemos un mapa y un dardo para decidirlo.

Eloisa volvió a mirar a Jonah. Ella también quería aquella clase de felicidad. Quería creer en que podían encontrar una forma de encajar sus vidas.

–Te veo realmente emocionada ante tu nueva aventura.

Audrey estrechó la mano de su hermana.

–¿Te parece demasiado egoísta por mi parte? Yo siempre he podido contar contigo y ahora voy a dejarte.

–Vas a vivir tu propia vida. Es lo que debes hacer y lo que mereces. No dejaremos de ser hermanas aunque vivas en la otra punta del país. Iré a verte… pero elige algún lugar interesante, ¿de acuerdo?

Audrey asintió, sonriente, aunque sus ojos se llenaron de lágrimas cuando abrazó a su hermana.

Un momento después, Jonah se asomó a la puerta del cuarto de estar. Eloisa miró sus intensos ojos azules y supo la verdad. No había acudido allí a vengarse de ella. Había acudido allí a por ella.

La estaba apoyando en aquella crisis familiar, había mantenido firmemente guardado su secreto, había ido a por ella… Además, era un gran tipo y confiaba lo suficiente en él como para dar el siguiente paso. No quería que se fuera a Perú. Quería más tiempo para asegurarse de lo que había entre ellos antes de que fuera demasiado tarde. Merecía un futuro propio con Jonah y había llegado el momento de reclamarlo.

Y tenía que empezar contándole lo de su bebé.

Capítulo Trece

Eloisa cerró la puerta tras despedirse de Audrey y de Joey.

Tras ella, Jonah apartó su pelo a un lado y la besó en la curva del cuello. Eloisa echó atrás la cabeza para permitirle mejor acceso. Después de todo lo sucedido, lo que más deseaba era perderse en sus brazos, encontrar entre ellos el olvido que tanto anhelaba. Luego se acurrucaría a su lado en la cama y dormirían como una pareja normal y corriente…

Pero eso sería esconderse. Eso sería utilizar el sexo para ocultarse de dar el paso que debía dar: abrirse por completo a Jonah, permitir que la amara realmente.

Y permitirse amarlo.

Se volvió hacia él.

–Gracias por haber sido tan comprensivo y no haber puesto objeciones para regresar. Siento haberte estropeado la visita de tu familia.

–Han sido ellos los que se han presentado sin avisar –Jonah la rodeó con los brazos por la cintura–. Si quieres, pronto podremos pasar más tiempo con ellos.

–Quiero.

Jonah sonrió, complacido.

–Bien, bien –dijo mientras se encaminaba con Eloisa hacia el patio, donde ocupó una tumbona y la sentó en su regazo.

Eloisa apoyó la cabeza en su hombro y suspiró.

Jonah le acarició el pelo.

–Siento no haber tenido en cuenta tu trabajo ni tu necesidad de seguridad. Comprendo por qué no te parece un gran plan seguirme de trabajo en trabajo. Tendremos que buscar juntos una solución.

Eloisa quería creer que las cosas podían ser tan sencillas.

–¿Es de eso de lo que estamos hablando? ¿De vivir juntos?

–Creo que vamos claramente en esa dirección –Jonah apoyó la barbilla en la cabeza de Eloisa–. Sería un error pretender lo contrario.

–De acuerdo –Eloisa suspiró profundamente antes de continuar–. Si vamos a ser totalmente sinceros el uno con el otro, hay algo que tienes que saber, algo que me va a costar decirte y que te va a costar escuchar.

Jonah se tensó, pero mantuvo la barbilla sobre el pelo de Eloisa.

–¿Vas a volver a irte?

–No, a menos que me pidas que lo haga.

–Eso nunca sucederá.

–Pareces muy seguro de ello. Siempre pareces muy seguro de ti mismo. Ojalá me sucediera a mí lo mismo.

–Tengo una visión de nuestro futuro y es perfecta –Jonah hizo que Eloisa alzara el rostro para mirarlo–. Eres perfecta. Vamos a ser perfectos juntos.

–No puedes creer de verdad que soy perfecta. Y aunque lo creas en ciertos aspectos, ¿qué vas a hacer cuando veas mis defectos? ¿Y si no encajo en el mundo maravilloso y sin límites que has pensado para nosotros?

–Ya lo resolveremos. Piensa en tus estudios en España. Disfrutaste contribuyendo con tu investigación. Puede que ése sea un camino para fundir nuestros dos mundos. También podemos llegar a acuerdos y dividirnos el tiempo.

Jonah le estaba ofreciendo tanto que Eloisa aún no estaba preparada para pensar en ello. No hasta que hubiera dejado zanjado aquel doloroso asunto.

–No es de eso de lo que estoy hablando. Es algo distinto, más importante. Se trata de un error que cometí.

–Admiro la forma en que te preocupas de los sentimientos de quienes te rodean, pero yo ya soy mayorcito, así que ve al grano.

–No he sido completamente sincera contigo –el corazón de Eloisa latía con tal fuerza que temió que fuera a estallar–. No sólo respecto al tema de mi padre.

–¿Tienes algún novio oculto por ahí?

–Claro que no, Jonah. Me he pasado todo el año echándote de menos. No hay sitio para ningún otro en mi corazón.

–En ese caso, no hay nada de que preocuparse –dijo Jonah con un guiño.

–No bromees, por favor. Ahora no –tras un momento de silencio, Eloisa habló tan rápidamente como pudo–. Después de dejarte descubrí que estaba embarazada de ti.

Jonah se quedó muy quieto y de su rostro desapareció toda expresión.

–Tuviste un bebé –dijo lentamente, en tono neutro–. Nuestro bebé.

Eloisa asintió mientras en su interior se avivaba el triste recuerdo del pesar, la soledad y el arrepentimiento que experimentó al perder al bebé. Debería haber llamado a Jonah entonces, pero no lo hizo, y había llegado el momento de enfrentarse a las consecuencias de su decisión.

–Sufrí un aborto espontáneo.

–¿Cuándo?

–¿Eso importa?

–Creo que merezco saber cuándo.

Eloisa sintió una punzada de culpabilidad. Jonah tenía razón.

–Cuando estaba embarazada de cuatro meses y medio. No se enteró nadie, excepto mi médico.

La impasible expresión de Jonah adquirió un matiz de incredulidad.

–¿Ni siquiera se lo dijiste a tu hermana?

–Audrey acababa de comprometerse con Joey. No quise estropear una época tan especial de su vida.

–No –dijo Jonah. Su cuerpo se había tensado, había dejado de ser un refugio para Eloisa. Algo había cambiado entre ellos en un instante–. No me creo las excusas.

Eloisa lo comprendía, pero esperaba algo de… ¿comprensión? ¿Compasión? ¿Consuelo?

–¿Te cuento mi secreto más doloroso y te limitas a decir «no»? ¿Qué te sucede?

Eloisa no pudo soportar seguir entre los brazos de Jonah, que se habían vuelto fríos como la piedra. Se puso en pie y se apartó de la tumbona.

Jonah se levantó y metió las manos en los bolsillos.

—Creo que no se lo dijiste a tu hermana porque entonces habrías tenido que permitir que alguien se acercara a ti, que formara parte de tu vida. ¿No crees que a Audrey le dolería saber que no sentiste que podías contar con ella?

Eloisa no había pensado en aquello desde aquel punto de vista. ¿Habría resultado todo menos doloroso teniendo a su hermana a su lado? Recordando el sufrimiento que experimentó, no creía que nada lo hubiera aliviado.

¿Pero por qué no había pensado más en cómo afectaría aquello a Jonah? Se obligó a mirarlo a los ojos, a enfrentarse al dolor… y al enfado que vio en ellos.

—Debí decírtelo entonces.

—Desde luego —espetó Jonah—. Pero no lo hiciste. Porque hacerlo habría implicado que yo formara parte de tu vida y de tu familia, cuando lo más fácil para ti era esconderte en tu biblioteca con tus libros.

Eloisa sintió sus palabras como dardos.

—Estás siendo cruel.

—Estoy siendo realista por primera vez, Eloisa —Jonah se puso a caminar de un lado a otro del patio. La frustración que sentía se hizo evidente en su tono—. Hablas de un futuro juntos, pero has sido capaz de ocultarme esto todo el tiempo, incluso cuando hemos hecho el amor.

—Te estoy contando la verdad ahora. Hace sólo cinco minutos has dicho que nada podría separarnos.

—¿Me lo habrías dicho de todos modos si no hubieras temido que lo averiguara ahora que todos tus secretos están saliendo a la luz?

Eloisa no supo qué contestar y Jonah asintió con aspereza.

—Me he pasado todo este tiempo preguntándome si podías confiar en mí y ahora no sé si yo puedo fiarme de ti. No sé si voy a poder estar contigo preguntándome todo el tiempo cuándo vas a volver a huir —dejó de caminar y se pasó una mano por el pelo—. Esto es demasiado. En estos momentos soy incapaz de pensar. Necesito salir un rato —añadió y, sin más, se fue.

La puerta de la calle se cerró silenciosa pero firmemente tras él.

Una solitaria lágrima se deslizó por la mejilla de Eloisa, dando paso al raudal que la siguió. Apenas capaz de ver, volvió a entrar en la casa.

Se había pasado el año anterior inmersa en su dolor, en sus temores, sin pensar ni una sola vez en cuánto debía haberle dolido a Jonah que lo dejara. Ahora, a solas en su casa, con el eco de la puerta al cerrarse aún resonando en sus oídos, comprendió hasta qué punto metió la pata al dejarlo.

Estaba completamente sola por primera vez en su vida. Harry estaba enfadado porque no había convencido a Audrey para que se quedara. Audrey estaba disfrutando de su recién estrenado matrimonio. Y Jonah la había dejado. No tenía a nadie a quien recurrir.

Bajó la mirada hacia el pisapapeles que contenía la flor seca y las caracolas que conservaba como recuerdo de la brevísima vida de su bebé. ¿Por qué no había compartido aquel dolor con Jonah?

Y ahora, por cómo había hecho las cosas, él también estaba sufriendo la pérdida a solas.

Tomó el pisapapeles en la mano y al alzarlo vio

que debajo había una tarjeta con un número de teléfono. Era la tarjeta de Duarte.

Tal vez había al menos una cosa que podía arreglar en su desastrosa vida. Tal vez aún podía hacer feliz a alguien.

Jonah temió emborracharse si sus hermanos no dejaban de servirle bebidas. Pero para eso había ido a Hilton Head, para estar con su familia.

Aún no había asimilado las revelaciones que le había hecho Eloisa sobre su embarazo. Estaba enfadado con ella por habérselo ocultado y también estaba triste por el hijo que podía haber tenido con ella y que había perdido.

Lo sucedido le había hecho comprender lo importante que era arreglar las cosas bien con Eloisa en aquella ocasión.

Tras su pelea, había conducido un rato por la costa hasta que se sintió lo suficientemente calmado como para volver a hablar con ella. Pero cuando regresó, Eloisa se había ido. No estaba su coche, ni sus maletas. Había vuelto a huir.

Jonah había tomado el primer avión para ir al único lugar al que podía ir en aquellos momentos: a casa con sus hermanos.

—Tienes que averiguar qué es lo que conmueve su corazón —dijo Sebastian tras tomar un trago de whisky.

Kyle lo miró con expresión socarrona.

—¿Marianna te ha hecho entrar en una secta o algo parecido?

—¿Por qué dices eso?

–«Tienes que averiguar que conmueve su corazón» –repitió Kyle burlonamente–. ¿Quién eres en realidad? ¿Por qué has suplantado a mi hermano?

Matthew palmeó el hombro de Kyle.

–No seas tan destructivo. Te aseguro que aprender a hablar el lenguaje de las mujeres tiene sus ventajas. Los beneficios son asombrosos.

Sebastian manifestó su acuerdo asintiendo exageradamente.

Jonah miró a sus hermanos, preguntándose cómo era posible que aquellos Neandertal hubieran conseguido las magníficas esposas que tenían. ¿Qué sabían que él no sabía?

–Vais a tener que hablar más claro si queréis que os entienda –refunfuñó.

Sebastian adoptó su mejor actitud de abogado a punto de presentar un caso.

–Las rosas rojas y las cajas de bombones están muy bien, desde luego, pero si puedes pensar en algo más personal, algo que revele que la conoces... ganarás muchos puntos.

–Les encanta saber que estás pensando en ellas cuando no estás con ellas –añadió Kyle.

Jonah miró a sus hermanos como si se hubieran vuelto locos.

–Es muy sencillo –explicó Sebastian pacientemente–. Marianna adora a nuestros perros. Un día de San Valentín compré un collar especial y una correa para cada uno e hice una donación a la sociedad protectora de animales local. Le encantó.

–Yo regalé en una ocasión a Phoebe un ordenador portátil y casi se vuelve loca de alegría –explicó Kyle–.

Yo le había ofrecido otras alternativas para que pudiera seguir trabajando, pero el portátil fue lo que le permitió organizarse para poder trabajar desde casa y ocuparse también de Nina.

–Hay que saber mezclar lo extravagante con lo práctico –dijo Matthew.

–¿Y cuál es la extravagancia de Ashley? –preguntó Kyle mientras rellenaba su vaso.

La boca de Matthew se curvó en una enigmática sonrisa.

–Me temo que eso no puedo compartirlo contigo, hermanito.

–Comprendo –dijo Kyle, también sonriente.

El sonido de alguien carraspeando tras ellos les hizo volverse.

El segundo marido de su madre, el general Hank Renshaw, estaba en el umbral de la puerta.

–Espero que al menos hayáis dejado lo suficiente para que me sirva una copa.

–Claro que sí –dijo Kyle mientras servía un vaso–. Tal vez tú puedas dar algún consejo a Jonah sobre cómo recuperar a su esposa.

–Hmm… –el general acercó una silla a la mesa y aceptó el vaso que le ofreció Kyle–. Bueno, a tu madre le gusta que…

–¡Un momento, general! –las protestas de todos los hermanos se amontonaron.

Jonah estaba totalmente de acuerdo en que aquello debía permanecer en secreto.

–Estás hablando de nuestra madre. Aprecio tu oferta de ayuda, pero hay cosas que un hijo no necesita saber.

Matthew terminó su whisky de un trago.

–La vez que casi os pillamos estuvo a punto de darme un infarto –dijo.

–De acuerdo, de acuerdo –el general sonrió–. Ya lo he captado –añadió a la vez que señalaba la puerta con el pulgar–. Y ahora, ¿qué tal si salís de aquí y me dejáis a solas con Jonah?

Los hermanos se levantaron obedientemente y salieron de la sala de estar. El sonido de sus voces y sus bromas se fue diluyendo mientras se alejaban por el pasillo.

El general rellenó el vaso de Jonah.

–Tu padre era mi mejor amigo –alzó su vaso para brindar–. Sé que estaría orgulloso de ti.

–Gracias. Eso significa mucho para mí –aunque no lo suficiente como para eliminar la frustración que sentía por haber fallado en lo más importante, pensó Jonah. Por haber fallado con Eloisa.

¿Por qué le había ocultado ella lo sucedido? Necesitaba comprender aquello si quería romper el círculo vicioso en que parecían encerrados.

No esperaba que el general fuera a darle una solución mágica, pero apreciaba su apoyo de todos modos. El general había permanecido a su lado y al de sus hermanos cuando su padre murió. Él siempre juró que sólo trataba de ayudar a su madre, tal y como ella lo ayudó tras la muerte de su mujer. Pero todos se preguntaban cuánto tardarían en…

–Se tarda lo que haga falta, pero uno no se rinde.

Jonah se quedó asombrado ante la perspicacia de su padrastro.

–¿Has añadido una medalla que lee el pensamiento a tu ya impresionante colección?

–Deja de mortificarte pensando en el pasado y

mira hacia delante –dijo el general con firmeza–. No te encojas y admitas la derrota. Aún tienes una oportunidad. Aprovéchala.

–Eloisa se ha ido –Jonah sacó del bolsillo la tarjeta de Duarte y se quedó mirándola–. No quiere hablar conmigo ni volver a verme.

–¿Y vas a aceptarlo así como así? ¿Vas a renunciar a tu matrimonio? ¿A ella?

Jonah frunció el ceño mientras seguía mirando la tarjeta. No pensaba volver a permitir que Eloisa se fuera así como así. Había una forma de romper aquel círculo vicioso. Debía demostrarle cómo se apoyaban los miembros de una verdadera familia entre sí, en lugar de la soledad en que ella había vivido, siempre dando, nunca recibiendo. No era de extrañar que no hubiera acudido a él cuando estaba sufriendo.

Nadie le había dado nunca motivo para pensar que su petición de ayuda sería atendida.

En esta ocasión pensaba demostrarle que alguien la amaba, que él la amaba lo suficiente como para seguirla y permanecer a su lado.

–Tienes razón, general –dijo a la vez que volvía a guardar la tarjeta–. Afortunadamente, sé exactamente cómo encontrarla.

Capítulo Catorce

Eloisa estaba sentada en un banco del jardín de su padre, esperando. En unos minutos volvería a ver a Enrique Medina. La situación resultaba confusa y surrealista, y no tenía nada que ver con el feliz reencuentro con el que solía soñar de niña.

Se volvió hacia Duarte, que estaba de pie a su lado con expresión sombría.

—Gracias por haber organizado tan rápidamente nuestro encuentro —dijo Eloisa.

—No me des las gracias —replicó Duarte sin ninguna calidez—. Si fuera por mí, todos viviríamos nuestras vidas por separado. Pero así es como él lo quiere.

Su brusquedad alteró a Eloisa más de lo que ya lo estaba. Buscó algo que decir para aliviar la tensión. Señaló en dirección al Atlántico.

—Los acantilados son exactamente como los recordaba de mi única visita anterior… magníficos. A menudo me he preguntado si mi memoria me estaría engañando.

—Aparentemente no.

Y, aparentemente, Duarte necesitaba más estímulos para animarse a hablar.

—Qué extraño pensar que nuestro padre ha estado tan cerca todo este tiempo, incluso en el mismo estado.

Su padre se había establecido en una pequeña isla privada junto a la costa de San Agustín, Florida. Una sola llamada a Duarte había bastado para poner el mecanismo en marcha. Eloisa había volado en un jet privado, alejándose de Jonah y del catastrófico lío que ella había hecho de su segundo reencuentro. Sintió que las lágrimas atenazaban su garganta. Tragó con esfuerzo y trató de pensar en otra cosa.

Duarte le tocó el hombro, haciéndola volver al presente.

—Aquí está, Eloisa.

La puerta de la casa se abrió, pero no para dar paso a un imponente rey de otros tiempos. El sonido del motor de una silla de ruedas eléctrica fue el único aviso previo de la salida de Enrique. Dos enormes perros lo siguieron en perfecta sincronización. Confinado en su silla, Enrique Medina parecía especialmente delgado, gris y cansado.

Duarte no había mentido. Su padre parecía cercano a la muerte. Eloisa se levantó pero no alargó los brazos hacia él. Un abrazo habría resultado extraño, afectado. No sabía lo que sentía por él. Su padre la había necesitado y ella había acudido a su lado. Era difícil no recordar todas las ocasiones en que ella lo había necesitado a él. Era cierto que su padre había estado en contacto con ella a lo largo de los años por medio de su abogado, pero de forma infrecuente e impersonal. No pudo evitar pensar en lo distinta que era aquella familia a la de los Landis.

—Hola, señor. Tendrá que disculparme si no sé muy bien cómo dirigirme a usted.

—Llámame Enrique —era posible que el cuerpo del

viejo rey fuera débil, pero su voz aún poseía una fuerza sorprendente–. No quiero formalidades y no merezco títulos, ni el de rey ni el de padre. Y ahora siéntate, por favor. Me siento como un anciano grosero por no levantarme estando presente una señorita tan encantadora.

Eloisa se sentó y él movió la silla para situarse frente a ella. Los dos perros se tumbaron a su lado. El viejo rey señaló la puerta.

–Ya puedes dejarnos, Duarte. Quiero hablar a solas con Eloisa.

Duarte asintió y salió sin decir nada.

–Siento que estés enfermo –dijo Eloisa cuando se quedaron a solas.

–Yo también.

Enrique no dijo nada más y Eloisa se preguntó si habría empezado a perder sus facultades mentales. Volvió la mirada hacia el enfermero que aguardaba pacientemente en el umbral. No obtuvo respuestas. Miró de nuevo a Enrique.

–¿Has pedido verme? Enviaste a Duarte.

–Claro que sí. Aún no he perdido la cabeza. Disculpa mi grosería, pero me ha asombrado comprobar lo mucho que te pareces a mi madre. Ella también era encantadora.

–Gracias. ¿Tienes fotos suyas?

–Se perdieron todas cuando se incendió mi casa.

Eloisa parpadeó. Sabía que su padre había escapado milagrosamente con vida del golpe de estado en San Rinaldo. Su esposa no lo logró. Él y sus hijos tuvieron que esconderse. Eloisa no había pensado hasta esos momentos en todo lo que habían perdido.

Perder una foto no era lo mismo que perder a una persona, desde luego, pero haber perdido incluso aquellos recuerdos, aquel pequeño consuelo...

–Entonces tendremos que asegurarnos de que tengas una foto mía para recordarla –dijo.

–Gracias, pero supongo que no voy a tardar en reunirme con ella –Enrique habló de su propia muerte con tal naturalidad que Eloisa se quedó conmocionada–. Lo que me lleva al motivo por el que te he llamado. Hay algunas cosas que necesitas saber y apenas tenemos tiempo. Ya sea porque me muera, o porque alguien me encuentre finalmente, nuestro secreto saldrá a la luz algún día.

Aquellas palabras inquietaron de inmediato a Eloisa.

–¿Dónde te esconderás entonces?

Enrique alzó la barbilla.

–Soy un rey. No me escondo. Permanezco aquí por la gente que amo.

–No estoy segura de entender a qué te refieres.

–Permaneciendo aquí se mantiene la ilusión de que mis hijos y yo estamos en Argentina. Nadie se molesta en buscarlos. Nadie puede hacerles daño... como hicieron con mi Beatriz.

Beatriz, su esposa, que fue asesinada durante la huida.

–Debió ser terrible para ti.

Enrique apartó un momento la mirada, sin parpadear. Luego volvió a fijar sus intensos ojos negros en Eloisa.

–Fue difícil conocer a tu madre tan pronto tras el asesinato de Beatriz. Yo amaba a tu madre tanto como podía en aquellos momentos. Ella me dijo que si no podía tener todo mi corazón no quería nada.

Eloisa siempre había pensado que su madre permaneció alejada del rey por motivos de seguridad. Nunca consideró la posibilidad de que hubiera actuado así por motivos emocionales. Era posible que Harry Taylor no fuera precisamente un príncipe azul, pero había adorado a su madre.

–No sabes cuánto lamento no haberte visto crecer –continuó Enrique–. Nada de lo que pueda hacer o decir compensará que no haya sido para ti el padre que merecías.

La humilde sinceridad de aquellas palabras significaron más para Eloisa que cualquier cantidad de dinero. Llevaba toda la vida esperando a que Enrique Medina admitiera que debería haber sido un padre para ella.

Y aunque aquello no borraba el pasado, era un primer paso hacia la sanación. Acarició la mano de su padre.

–Finalmente decidí pedirle a tu madre que se casara conmigo –dijo Enrique.

–¿Y qué pasó?

–Que llegué demasiado tarde.

Eloisa asintió lentamente.

–Se acababa de casar con Harry –dijo.

–Decidí luchar por ella demasiado tarde –dijo con sencillez–. No esperes tú tanto para luchar por lo tuyo, querida.

Pero la oportunidad de Eloisa se había esfumado.

En aquella ocasión había sido Jonah el que la había dejado, no al revés.

Estaba a punto de contarle lo sucedido a Enrique

cuando vio algo en su mirada que le hizo interrumpirse, una profunda sabiduría que procedía de experiencias que ella no podía comprender. Aquel hombre sabía lo que significaba luchar.

Y su sangre corría por sus venas.

Eloisa apretó los puños con una fuerza recién encontrada en su interior. No pensaba volver a ocultarse en su biblioteca y en sus temores. Amaba a Jonah Landis y quería una vida con él, los llevara adonde los llevase. Él estaba dolido y enfadado ahora, y no podía culparlo. Y ella había sido demasiado cautelosa. Pero pensaba remediarlo. No pensaba echarse atrás así como así.

Lucharía por Jonah con tal fuerza que ni siquiera sabría lo que se le había venido encima.

–Se puso en pie y tomó el rostro de Enrique entre sus manos.

–No hay duda de que eres un viejo zorro, pero creo que me gustas.

Enrique rió mientras Eloisa le dedicaba una sonrisa seguida de una reverencia.

–Ahora tengo que irme, pero volveré –añadió–. Antes tengo que aclarar algunas cosas con Jonah.

Su padre alzó una mano y giró un dedo en el aire.

–Date la vuelta.

Eloisa miró por encima de su hombro… y el corazón se le subió a la garganta.

Jonah estaba en el umbral de la puerta con un ramo de flores en la mano.

***

Jonah apenas tuvo tiempo de asentir al padre de Eloisa antes de que el viejo rey lo dejara a solas con ella. Estaba en deuda con Duarte y con Enrique por haber organizado aquella reunión.

Y pensaba devolverles el favor manteniendo a Eloisa feliz y a salvo durante el resto de su vida.

Avanzó hacia ella con el ramo por delante.

–No sabía qué elegir para traerte y finalmente me he decidido por unos tulipanes blancos, como los de esa foto que tienes en tu cuarto de estar. He supuesto que te gustaban.

–¡Son perfectos! Gracias –Eloisa tomó las flores en una mano y apoyó los dedos de la otra en los labios de Jonah–. Estaba muy equivocada cuando te he dicho que no nos conocíamos –dijo antes de aspirar por un momento el aroma de los tulipanes–. Las flores son preciosas, pero ya me has hecho los regalos que de verdad importan. Me has dado piscinas infinitas, paseos por castillos cargados de historia, me has alentado a salir de mi oscura oficina e incluso me has hecho cumplidos por mi brillo de labios favorito. Lo sabes todo sobre mí… excepto lo profundamente que te amo.

Jonah la rodeó con los brazos por la cintura y la atrajo hacia sí, oprimiendo ligeramente las flores.

–Yo también lo sé ahora, y estoy deseando demostrarte cuánto te amo en cada país del mundo. Si estás dispuesta a esa aventura…

–Me gustan tus ideas para fundir nuestras vidas. Creo que estoy más que lista para sacar mi mundo de investigación bibliotecaria a la luz… mientras tú estés conmigo.

–Deberíamos hablar con tu padre –dijo Jonah.

–Pronto –dijo Eloisa, poniéndose repentinamente seria–. Pero antes quiero que sepas cuánto lamento no haberte contado lo del bebé cuando sucedió, ni después, cuando nos hemos vuelto a ver. No debí ocultártelo. Merecías saberlo.

–Gracias. No hacia falta que lo hicieras, pero aprecio escucharlo –el conocimiento de aquella pérdida aún dolía y Jonah sospechaba que no se le pasaría fácilmente. Pero entendía que a Eloisa le costara tanto confiar, y sabía que aún le quedaban por derribar algunas de las barreras que se había pasado la vida alzando a su alrededor.

Pero a él se le daban especialmente bien las restauraciones.

–He traído algo más además de las flores –dijo.

–No tenías por qué traerme nada. El hecho de que estés aquí significa más de lo que puedo expresar.

–Debería haberte seguido antes. Deberías haber podido contar conmigo…

Eloisa tomó el rostro de Jonah entre sus manos, interrumpiéndolo.

–Estamos mirando hacia delante, ¿recuerdas? –dijo antes de besarlo en los labios–. Y ahora… ¿qué es lo que has traído?

Jonah metió la mano en el bolsillo y sacó dos anillos de oro. Los había conservado todo el año.

Eloisa sonrió y extendió una mano hacia él con los ojos llenos de lágrimas. Jonah le puso el anillo a ella y ella se lo puso a él. Luego enlazaron sus manos con fuerza y, en aquella ocasión, Jonah supo con certeza que no iban a quitárselos.

Sacó una de las flores del ramo y la colocó tras la oreja de Eloisa.

–¿Estás lista para pasar al interior, señora Landis?

Ella enlazó su brazo con el de él mientras sostenía el ramo en el otro, como una auténtica novia.

–Estoy lista para ir a cualquier sitio… mientras sea contigo.

Epílogo

Lima, Perú. Dos meses después

Eloisa había soñado que estaba cubierta de joyas.

Adormecida, deslizó los dedos por el brazo desnudo del hombre que dormía a su lado. Había soñado que su marido la cubría de esmeraldas, rubíes y perlas mientras hacían el amor.

Se tumbó de espaldas y extendió el brazo para mirar la sortija de diamantes que llevaba junto a su anillo de casada. La luz de la mañana entraba a raudales por las ventanas de la casa que Jonah había alquilado para el verano.

¿Qué tenía aquel hombre que la dejaba sin aliento sólo con mirarlo?

Cuando Jonah alzó una mano y la apoyó en su cadera, sonrió. Sabía exactamente lo que la atraía de él: todo.

Gruñendo con suavidad, Jonah la estrechó contra su costado.

–Rubíes. Definitivamente, rubíes –dijo a la vez que entreabría un ojo. Al parecer, no estaba tan dormido como había imaginado Eloisa. Alzó una mano para tocar los pendientes que colgaban de sus orejas–. Llevo más de un año soñando en cubrirte de joyas.

–Pues anoche hiciste realidad tu fantasía –Eloisa deslizó una mano bajo su cuerpo y sacó un brazalete de zafiros que se le estaba clavando en la espalda.

Qué encantadoramente irónico resultaba que fuera Jonah el que le estuviera regalando joyas y castillos. Aunque ella no necesitaba nada de aquello. Ya tenía paz, excitación, estabilidad y aventura con el hombre al que amaba.

–Trajiste contigo el rescate de un rey en joyas.

–Porque eres una Landis, querida. Y eso te convierte en parte de la realeza norteamericana –dijo Jonah.

Realeza. Aquella palabra ya no sobresaltaba a Eloisa cada vez que la escuchaba. Por fin había llegado a asimilar aquella parte de sí misma. Había vuelto a visitar a su padre. Cada vez estaba más grave y ella iba a tener que enfrentarse a aquella realidad. Afortunadamente, tendría a Jonah a su lado para cuando llegara lo peor.

Jonah la besó con delicadeza en los labios, como si hubiera leído sus pensamientos, algo que parecía hacer más y más a menudo aquellos días.

Audrey y Joey estaban a punto de abrir un negocio de catering en Maine. Harry planeaba unirse a ellos y ocuparse de la contabilidad, siempre pensando en el futuro financiero de su hija.

La familia de Eloisa estaba creciendo rápidamente, con los Landis a punto de llegar para pasar un largo fin de semana con ellos. Ginger había decidido que todos debían conocer mejor a su nueva nuera. Eloisa apreciaba el gesto. Los Landis sabían hacerle sentirse especial y bienvenida.

Parte de su familia.

Jonah jugueteó con las perlas entrelazadas con el pelo de Eloisa.

–¿Has pensado ya dónde te gustaría vivir?

–Supongo que lo sabremos cuando llegué el proyecto de restauración adecuado para nuestra casa –contestó Eloisa.

Jonah tiró con juguetona delicadeza de su pelo.

–¿No podrías reducir las posibilidades a uno o dos países para mí?

–No –Eloisa deslizó los dedos por el pelo de Jonah y lo besó en los labios–. No pienso volver a limitar mis opciones con ideas preconcebidas –lo rodeó por las caderas con las piernas y volvió a besarlo–. A partir de ahora pienso estar abierta a todas las posibilidades que me ofrezca la vida.

Deseo™

No me olvidarás

EMILIE ROSE

La venganza era la mejor táctica. El año anterior, Trent Hightower había dejado a Paige McCauley tras una frustrada noche juntos y se había olvidado de ella. Ahora, Paige pretendía seducir al inalcanzable ejecutivo para dejarle con ganas de más.

Pero Trent no era el hombre que ella pensaba que era. Si hubiera estado con aquella atractiva mujer, lo recordaría a la perfección. Pero debía guardar muy bien su secreto... aunque implicara involucrarse en el embriagador juego de seducción de Paige.

Estaba decidido a ganar

Acepte 2 de nuestras mejores novelas de amor GRATIS

¡Y reciba un regalo sorpresa!

Oferta especial de tiempo limitado

Rellene el cupón y envíelo a
Harlequin Reader Service®
3010 Walden Ave.
P.O. Box 1867
Buffalo, N.Y. 14240-1867

¡Si! Por favor, envíenme 2 novelas de amor de Harlequin (1 Bianca® y 1 Deseo®) gratis, más el regalo sorpresa. Luego remítanme 4 novelas nuevas todos los meses, las cuales recibiré mucho antes de que aparezcan en librerías, y factúrenme al bajo precio de $3,24 cada una, más $0,25 por envío e impuesto de ventas, si corresponde*. Este es el precio total, y es un ahorro de casi el 20% sobre el precio de portada. !Una oferta excelente! Entiendo que el hecho de aceptar estos libros y el regalo no me obliga en forma alguna a la compra de libros adicionales. Y también que puedo devolver cualquier envío y cancelar en cualquier momento. Aún si decido no comprar ningún otro libro de Harlequin, los 2 libros gratis y el regalo sorpresa son míos para siempre.

416 LBN DU7N

Nombre y apellido	(Por favor, letra de molde)
Dirección	Apartamento No.
Ciudad	Estado	Zona postal

Esta oferta se limita a un pedido por hogar y no está disponible para los subscriptores actuales de Deseo® y Bianca®.
*Los términos y precios quedan sujetos a cambios sin aviso previo.
Impuestos de ventas aplican en N.Y.

Bianca

¿A disposición del millonario?

Una tarde en las carreras, champán y mujeres. Aquél era otro evento más para Ethan Cartwright, hasta que la muy normal Daisy Donahue pasó ante sus ojos.

Daisy sabía mantener la cabeza baja y ser invisible entre las más famosas australianas vestidas de diseño. Pero el despiadado Ethan estaba intrigado y no pudo evitar acercarse a ella.

Daisy estaba destrozada por haber sido despedida por hablar con Ethan... ¡necesitaba su empleo! Ahí era donde Ethan volvió a aparecer. Tenía un nuevo trabajo para ella: ama de llaves de día, compañera de cama por la noche...

Una amante temporal

Emma Darcy

Deseo™

Sucedió por casualidad
ALLY BLAKE

Cuando Chelsea se dio cuenta de que
había intercambiado el teléfono móvil
con otra persona sin darse cuenta,
supo cómo terminaría aquello: volvería a la ciudad, realizaría un intercam-
bio de teléfonos con algún hombre
mayor y barrigón y seguiría su camino.
Pero se había equivocado, porque el
hombre en cuestión era Damien Halli-
burton, un millonario increíblemente
sexy fuera de su alcance. Chelsea había renegado de los hombres hacía
mucho tiempo, pero con un tipo tan
atractivo, ¿cómo iba a negarse a su
perversa, seductora y sumamente in-
decente proposición?

Tenía su teléfono...
¡y ahora quería su cuerpo!